若奥様は愛されすぎて困惑中！
旦那様は超☆絶倫！

宇佐川ゆかり

Illustrator
蘭 蒼史

ジュエル文庫

CONTENTS
もくじ

プロローグ 7
第一章 「壁の花」は公爵様に誘われて！ 14
第二章 「求婚」っていったいなんでですか 60
第三章 今、あなたのものになりたいの 104
第四章 あなたの役に立ちたいのです 153
第五章 再会早々いちゃいちゃで！ 193
第六章 離婚、した方がいいのかしら 230
第七章 大団円で新婚旅行！ 270
エピローグ 315
あとがき 322

※本作品の内容はすべてフィクションです。
実在の人物・団体・事件などには一切関係ありません。

プロローグ

日当たりのよいサンルームにはぽかぽかと日の光が差し込んでいる。

ルヴァルトは、窓から少し離れたソファに腰を下ろし、本を読んでいるところだった。

夢中になって読んでいるみたいで、エリーゼがサンルームの扉を開いても気が付かない。

（……いえ、本当は気づいてるんだろうけれど）

なにせルヴァルトは軍人だ。

いくらそっと開いたとはいえ、扉が開いたのに気づかないようでは困る。それでも、彼がエリーゼの遊びに乗ってくれるのだと思うとちょっとわくわくしてくる。

こそっと足音を立てないように、サンルームに足を踏み入れる。一歩一歩、慎重に歩みを進めて、彼の背後に到達した。

「だーれだ！」

エリーゼは、彼の目を両手で覆い隠した。「だーれだ」なんて言っても、この屋敷でルヴァルトにこんなことをするのは一人だけだ。

「誰だって……一人しかいないだろう。俺の大切な――奥さんだ」

「きゃあっ」

やっぱりルヴァルトは、エリーゼが来るのを待ち構えていた。目を隠していた手を外されたかと思ったら、ソファの背もたれ越しに両脇の下に手を差し込まれ、そのままひょいと持ち上げられる。

「あいかわらず、エリーゼは羽のように軽いな。食事はちゃんととっているのか？」

「今朝も朝食をたくさんいただいたのは、ルヴァルト様も見ているでしょう？」

エリーゼが食欲旺盛《しょくよくおうせい》なのは、ルヴァルトはちゃんと知っている。ただ、彼からしたら、エリーゼはあまりにも軽く小さく守らなければいけない存在らしい。

成人女性の平均よりはるかに小柄なので、そう思われてもしかたのないところではあるけれど。

「お仕事は、もう終わりですか？」

そうたずねた時には、背もたれを越えさせられて、彼の膝の上に横抱きにされている。

この角度から彼を見上げるのは、エリーゼはけっこう好きだった。

しっかりとした顎《あご》の線、エリーゼを見つめる時、ほんのりと赤くなる形のいい耳。

ここからでは彼の目を見ることはできないけれど、正面から目を合わせたらいつだって吸い込まれそうな気分になる。

「終わらなければ読書なんかしない。だから、いくらでも時間はあるぞ」

「それなら、結婚のお祝いを選ぶのを手伝ってください。何を贈ったらいいのかよくわからなくて」

「わかった。結婚の祝いだな。何がいいだろうか」

「あの……あんっ」

エリーゼの唇から艶《なま》めかしい声が上がったのは、彼の手がそっと背中を撫《な》でたから。その感覚だけで、次に来る快感が予想できてしまうくらいにエリーゼは彼の身体になじんでいた。

「んっ……もうっ……お祝い、選ばない、と……」

とぎれとぎれにそう言うけれど、目は潤《うる》んでいるし、吐息は甘ったるくなっているしで、エリーゼ本人からしても説得力がないことこの上ない。

「それなら、明日、出入り商人に来てもらえばいい——どうせ、クラウスのとこだろ？」

「はいっ……あんっ！」

背中を撫でていた手が、胸の方へと移動してくる。ささやかなふくらみは、彼の手におさまるだけではなく、さらにかなりの余裕がある。

あまり大きくないことを恥ずかしく思っているが、そのささやかさを彼は好んでいるみたいでいつも丹念に触れてくる。

「んっ……ふっ……あぁっ……！」

キスを待ちかねて薄く開いていた唇に、彼の唇が迷うことなく重ねられる。それと同時に、ぬるりと舌が口内に入り込んできて、エリーゼは期待にわなないた。

エリーゼが身に着けるドレスは、彼の好みに合わせ、年齢の割に少々可愛らしさを強調したものが多い。そのドレスの上から、円を描くように胸のあたりを揺らされる。手のひらが布越しに頂を擦り上げる感触に、背筋を甘い疼《うず》きが走り抜けた。

「――そうだな、祝いは……こういう時に贈るのは食器か？」

「はいっ……銀、の、食器……ん、あ、あぁっ！」

子孫の代まで変わりない輝きを伝えていけるよう、こういう時には銀食器を贈ることが多いと聞いている。

けれど、エリーゼの頭の中はすっかりぐずぐずになっていた。お祝いのことも気になるけれど、疼き始めた身体は止まらない。

「ひぁっ、あっ……あんっ！」

また、布ごと敏感になっている胸の頂《いただき》が刺激された。直接手で触れられるのと違うもどかしい感覚に、腿《もも》をもぞもぞと擦り合わせ、下肢の奥がうずうずしてくるのをごまかそうとする。

けれど、エリーゼのことを知り尽くしている彼は、エリーゼが快感に流されかけている

のもお見通しだった。

「――どうした？」

上から降ってくるのは意地悪な声。返す言葉を持たなくて、エリーゼはいやいやと首を横に振る。

「……知りません」

わざとむくれた口調を作り、ぷいっと顔をそむけた。

一緒に結婚のお祝いを探すつもりだったのに、こんなことするなんてひどい。

「わかった、わかった。俺が悪かった――祝いの品は、じっくりと探そう。出入り商人に持ってこさせるだけじゃなくて、明日、街に探しに行くか？」

「約束ですよ？」

「もちろんだ――だが、その前に」

「あんっ！」

約束をしたかと思ったら、獰猛《どうもう》な表情になったルヴァルトはあっという間に背中に並んでいるボタンを外してしまった。

結婚以来、少しだけ大きさを増した乳房が、彼の目の前にさらされる。

「だめ……見ては、だめです……！　あ、んっ！」

彼とは毎日毎晩身体を重ねているけれど、明るいところで見られるのにはいつまでたっても慣れそうにない。

「いいだろ？　ここには、俺とエリーゼしかいない」

ぺろりと胸の頂を舐められてエリーゼは背中をしならせた。ルヴァルトは身体のあちこちにキスを落としてくる。

指の先で早くも硬くなり始めた胸の頂を刺激されたら、脚の間がじぃんと痺《しび》れてきた。

「はっ……ん……あぁんっ……！」

エリーゼの身体を知り尽くした手が、膝を丸く撫で、腿の内側をくすぐるように撫でてくる。もう、こうなったらエリーゼに勝ち目なんてあるはずない。

彼の手がドロワーズを脱がせるのには、腰を浮かせて協力してしまう。

「ほら、エリーゼだって俺をほっしてる」

「もっ……知りません……！」

そうは言ったものの、ここまで来たら反論しようもない。ソファに横たえられても、逆らわなかった。エリーゼの片脚をソファの背もたれに引っかけて固定してしまい、ルヴァルトはゆっくりと押し入ってくる。

「——あぁぁっ！」

いつでも、彼はエリーゼを簡単に翻弄《ほんろう》してしまう。あとはサンルームにエリーゼの喘《あえ》ぐ声ばかりが響くのだった。

第一章　「壁の花」は公爵様に誘われて！

「寝言は寝てから言おうか。君、明日には戦地に出発しないといけないの覚えてる？」

「……天使だ！」

天使、という言葉に、隣にいたクラウスが肩をすくめる。不満顔になったルヴァルトは眉間《みけん》に深い皺《しわ》をよせた。

わかっている。今は、女性にうつつを抜かしている場合ではないのはわかっている。なにせ、明日には戦地に向けて発つのだから。

——だが。

（一目で恋に落ちたんだから、しかたないじゃないか！）

なんて間が悪いのだろう。戦地に行く前日でなかったら、彼女の家にさっそく赴《おもむ》き、その場で求婚しているところだった。

だが、戦地に赴くとなると生きて帰ることができるかどうかわからない。クラウスの言う通り、寝言なのかもしれなかった。

今日、ルヴァルトとクラウスは、皇帝陛下のお供で教会のバザーに来ていた。

パールトゥス帝国軍において最高の地位である将軍を預かるルヴァルトが戦地に向かう直前になって視察に巻き込まれているのには、皇帝が彼の従兄弟《いとこ》で、わがままを言われると拒めないという理由がある。

「ついでに教会で勝利を祈ればいいじゃないか」

という皇帝の言葉は神に対する不敬にも感じられたが、思わぬところで思わぬ出会いに恵まれた。

教会の庭には多数のテントが張られ、それぞれのテントの下ではこの教区に住まう女性達が、手作りの焼き菓子や飲み物、刺繍《ししゅう》をしたハンカチや不要になった衣類などを売っている。この売り上げは、そのまま教会への寄付金になるのだ。

ルヴァルトの言う『天使』は飲み物を売っているテントにいた。

「ホットチョコレートを買ってくる」

そうクラウスに言い残し、彼女のいるテントに向かう。

顔立ちは幼く小柄だが、働きぶりと言動から判断すると十四、五歳といったところか。今年十九歳になるルヴァルトとは、年齢的にも釣り合うだろう。

ふわふわとした金髪を動きやすいように束ねた彼女は、あちこち動き回っては愛くるしい笑顔を振りまいている。

（ああ――あんな笑顔を俺にも向けてもらえたら！）

軍に身を置いているだけあって、ルヴァルトはとても堂々たる体軀《たいく》の持ち主だ。日頃から厳しい鍛錬《たんれん》を重ね、相手をする兵士達を怒鳴りつけているということもあって、声も大きい。

いつ敵に寝首をかかれてもおかしくないから、常に鋭いまなざしで周囲に注意を払っている。平和に慣れすぎてしまわないよう、それは国内にいる時も変わらなかった。

顔立ちそのものは悪くはないのだが、目つきの悪さのせいか、それとも巨大な体格のせいか、若い女性には時々怯《おび》えられることもある。

そんな彼に、彼女があの微笑みを向けてくれるなんて考えられなかった。

ホットチョコレートを買うとクラウスには言って列には並んだものの、どう対応したらいいのかよくわからない。

「ホ、ホットチョコレート！」

緊張のあまり、怒鳴るような声で、しかもぶっきらぼうに注文してしまった。

「ホットチョコレート、一つですね？」

だが、彼の懸念《けねん》をよそに、彼女は彼にも愛らしい笑みを向けてくれた。

「あ、ああ……」

かっと顔が熱くなって、ろくに返事をすることもできない。鼻血が出るかと真面目に鼻の下に手を当てて、鼻血が出ていないか確認したくらいだ。

「ありがとうございます！」

教会でのバザーに参加しているのは、既婚の女性ばかりのようだ。そんな中、まだ社交界にデビューしていないと思われる年齢の彼女が忙しく立ち働く姿は、彼の目にはとても好ましいものに映った。

ホットチョコレートを受け取り、代金を手渡してクラウスのもとに戻ったものの、頭がふわふわしている。彼がこんな風になるのは生まれて初めてのことだった。

「あの小柄な女の子――いや、女性？　たしか、彼女は」

クラウスは記憶を引っ張り出そうとしているかのように空を見上げた。ルヴァルトの副官という役を引き受けてくれているクラウスは、すさまじい記憶力の持ち主だ。

面倒だからとルヴァルトが、さっさと脳から追い出してしまう些細《ささい》な出来事も覚えてくれているのでありがたい。

ルヴァルトとは対照的にひょろりとした体格なので、実情を知らない相手には侮られることも多いのだが、剣を持たせればすさまじい攻撃力を発揮するのは、兵士達の間ではよく知られている。

「でも――君、本気？　彼女、君よりだいぶ年下だと思うんだけど――君、ああいうタイプが好みだったんだ。ブリギット以外浮いた噂がないと思ったら」

「ブリギット？　冗談じゃない！　誰があんな――」

クラウスの口から出てきた従姉妹の名前に、ルヴァルトは首を横に振る。彼女にはたしかに何かと世話になっているし、親しく付き合ってはいるが、互いにそんな気は毛頭ない。

「いや、それより彼女の身元を調べてくれ。至急だ――戻ってきたら、正式に交際を申し込む」

「わかった。心当たりもあるし聞いてくるよ」

今度はクラウスがルヴァルトのもとを離れて聞き込みに向かう。その間もルヴァルトは彼女から目を離せないでいた。

「マフィンが足りないんですって。私、厨房《ちゅうぼう》から持ってくる！」

彼女の名前は、なんというのだろうか。マフィンを取りに厨房に走る彼女の後姿を、緩みかける口元を懸命に抑えながら見送る。

たぶん、彼女は自分が誰なのか気づいていなかったのだろう。いかつい外見なのに、怖がられなかったことに安堵《あんど》する。

彼女について探りに行っていたクラウスがすぐに戻ってきた。副官としての彼は実に有能だ。今回の戦にも同行してもらうことになっている。

「彼女、エリーゼ・ヴェリーシャ嬢《じょう》――ライムント子爵家《ししゃくけ》の長女だって。十三歳くらいかと思ってたけど、今十五歳。来年社交界にデビューする予定らしいから、とっとと戦争を終わらせて帰ってきたら間に合うよ」

「わかった。すぐにでも全滅させよう」

「君、本当にやりかねないから怖いよね。まあ、戻ってくる前に彼女が相手を決めてしまわないよう、念のためにちょっと手は打っておこうか」

今は、遠くから彼女の姿を見ていられればいい。その前に、目の前の戦を切り抜けなければ求婚なんてできるはずもない。

彼女の姿をもう一度目に焼き付け、ルヴァルトはホットチョコレートを口に運ぶ。チョコレートは、生ぬるくなっていたけれど、やけに甘ったるかった。

◇◇◇

(今年も、壁の花決定かしら……いえ、壁の花確実に決定ね……!)

エリーゼ・ヴェリーシャは、他の人達の間にこそこそと隠れるようにしてため息をついた。

もうダンスの時間は始まっていて、皆ダンスを楽しんでいる。女性達の着ているドレスの鮮やかさが、エリーゼの目には痛かった。

今日は、たくさんの独身男性が来る舞踏会だと聞いていた。だから、手持ちのドレスの中で一番華やかに見えるものを身に着けてきたのに、誰もダンスに誘ってくれない。

ライムント子爵家令嬢であるエリーゼが社交界にデビューしたのは、二年前、十五歳の時だ。十六歳になってからと言っていたのが、早めに相手を探した方がいいのではないかという話になり、急遽《きゅうきょ》一年早めたのだ。

身分も財力もない娘の場合、若い方がいい話が来やすいという噂もある。少しでもいい相手を見つけたくて早めにデビューをしたというのに、エリーゼの相手はまだ決まっていなかった。

社交界にデビューした娘は、たいてい最初のシーズンで結婚相手が見つかるものだ。二年目になってからようやく相手が決まった場合は、最初のシーズンより相手のランク――こういう言い方は申し訳ないけれど――が下がってしまう。

そして、エリーゼは三年目の社交シーズンに挑んでいるわけで。ここまでくれば、相手が見つかる方が奇跡みたいなものだ。

（……というか、ダンスにすら誘われないんだもの）

ダンスに誘われず、誘われるのをぼうっと待っている人のことを『壁の花』なんて言ったりするが、エリーゼは昨年もその前の年も壁の前を離れることはなかった。

どれだけ着飾ってみても、壁際が定位置というのは変えようもない。今年に入ってからは、周囲の視線がより強く刺さるように思えてきた。

（――もう、帰ろうかしら）

結婚相手を見つけるのはもうあきらめて、家でおとなしくしていた方が心の平安を保てるかもしれない。デビューして三年目、もうすぐ十八歳になってしまう。

エリーゼの下には三人の妹がいて、ライムント子爵家ははっきり言えばお金がない。ものすごい貧乏というほどでもないが、四人の娘全員に相応の持参金を持たせるのはなかなか難しいくらいの財力しかないのだ。

そんなわけで、最初にデビューしたエリーゼに家族の期待は思いきりのしかかっていた。デビューを一年早めたというのに、まったく役に立っていない。

来年には、次女のウルスラがデビューすることになっているし、彼女に任せた方がいいのかもしれない。

（結婚しないなら行く先は修道院かしら、学校の先生かしら……いえ、エルミリア王国にでも働きに行った方がいいのかもしれない。家庭教師の口なら、外国でも見つけやすいかも）

姉が一度もダンスの誘いを受けなかったなんて、妹達にとっては不名誉な伝説だろうが、エリーゼが家を離れてしまえば人々の記憶からもエリーゼの存在は抹消《まっしょう》されるだろう。

たぶん、きっと……そう、期待したい。

目の前の光景とは裏腹にエリーゼは沈み込んでいた。

広間にはこんなにたくさんの人がいるのに、なんで、エリーゼには誰もダンスの誘いをかけてくれないのだろう。

(今日のドレスだって、そんなに悪くはないと思うのに)

エリーゼは、自分の身体に目を落とす。

子爵家は裕福とは言えないが、社交界に出るにあたり恥ずかしくないだけの支度はきちんと調えてくれた。

エリーゼが裕福な男性の目にとまることを期待しているのだからそれも当然だ。

視線を落とせば真っ先に目に飛び込んでくるのは、鮮やかなピンク色のスカートだ。幾重にもフリルを重ねたスカートは、ふわっとふくらんでいる。腰に巻いたのは、ドレスより少し濃いピンクのサッシュ。

上半身はぴたりと身体にあうように仕立てられていて、胸のあたりはたくさんのフリルで飾られていた。

(身体の線が出ているのがいけない……とか?)

平坦な自分の胸を見下ろして、ため息を一つ。

壁にかけられている鏡の方に目をやると、見返してくるのは、どこにでもいそうな平凡な容姿の持ち主。

しいて言えば、ふわふわとさせて肩から背中に流している金髪は、褒められてもいいかもしれない。それに、夏の青空みたいな明るい色合いの目も少し大きすぎる気はするが、悪くはない。

唇はサクランボみたいな色をしてつやつやとしているし――美女ではなく、可愛らしい容姿だが、一つ一つを取り上げてみればけして『悪くはない』。

悪くはないが、その可愛らしさが問題なのだ。すべてのパーツを合わせると、なぜか恐ろしいほどに幼く見える。

（いえ、悪い方に目立ってはいるのよ……！）

ヒールの高い靴を頑張って履いても、エリーゼの頭は、他の女性達より頭半分くらい低い位置にある。

他の人よりも低い身長、年齢より幼く見える顔立ち。きっと『子供と並んでいるような気になる』と男性陣がエリーゼを避ける原因になっているんだろう。

（誰も声をかけてくれないのに、この場にいる必要ってあるのかしら）

今、エリーゼの隣で同じく壁の花だった令嬢に声がかかって、ダンスフロアへと出て行った。今日、この会場に入ってから一度も声がかかっていないのは間違いなくエリーゼだけ。

（もう、今年は舞踏会への参加はやめてしまおうかしら）

どうせ、このまま出席を続けていても、壁を飾った回数を更新し続けるだけ。それなら、誰にも会わないように家に引きこもり、あとは来年、妹のウルスラに任せればそれでいい。

ふと脇を見れば、テラスへ出られる出入り口はすぐそこにある。

これ以上、この場にいるのに耐えられなくなって、エリーゼはそこから人気の少ないテラスへと逃れ出た。

冷たい夜の空気に、ぶるりと身体を震わせる。少し気を落ち着けてから中に戻ろう。そうしたら、もう少し頑張れるかもしれない。

酔ってしまった人が気分を治すためや、中で友好を深めた人達がさらに親密な会話を交わすために、広いテラスにはいくつかのベンチが置かれている。けれど、エリーゼは誰かとベンチに座ったことはなかった。

目の前では、中で知りあったらしい男女が並んで座って話をしている。

(……まさか、ここでまでこんな惨《みじ》めな気分になるなんて)

誘ってくれた男性と、二人きりで親密なおしゃべりをするなんてこともなかった。自分が誰にも相手にされていなかったという事実を、ここでまで突き付けられるとは。

皆、中で踊ったり歓談したりするのに忙しいようで、外に出てきているのはエリーゼだけ。ますます惨めな気分に陥って、くすんと鼻を鳴らした。

(泣いては、だめ)

泣いてしまったら、ますます惨めになるだけだ。

懸命に自分を抑えるけれど、一度芽生えてしまった惨めな気分はどうしようもなかった。やみくもに歩き回って、平静を取り戻そうとする。帰るにしても、こんな顔で広間をつっきるわけにもいかない。

その時、少し離れたところにあるベンチに誰か座っているのに気が付いた。

「……あの、気分が悪いのですか？」

こわごわと声をかけたのは、その人が背中を丸めて、膝の間に顔を埋めるようにしていたからだ。具合が悪いのならば、誰か呼んで帰れるように手配してあげないと。

だが、相手はエリーゼの方を見向きもしない。

(返事もできないくらい、具合が悪いのかしら)

誰か、この人を運んでくれる人を探した方がいいかもしれない。

けれど、今、目の前にいるこの人はとても大柄なのだろう。座っていてもそれがわかる。

何人か集めないとだめではないだろうか。

「ちょっと待っててくださいね。すぐに、人を呼んできます」

「い、いや、大丈夫、大丈夫だ」

身を翻《ひるがえ》して人を呼びに行こうとしたら、相手は慌てて顔を上げた。

(……やだ、私ったら)

顔を上げた相手を見て、内心でエリーゼは悲鳴を上げる。

ベンチでぐったりしていたのは、ルヴァルト・アーデントロート——エリーゼの暮らすパールトゥス帝国の現皇帝の従兄弟であり、リーデルシュタイン公爵《こうしゃく》でもある——だったのだ。

彼は、皇帝の信頼厚く、軍では将軍の地位についている。一昨年勃発《ぼっぱつ》したグウィディア王国との戦争に勝利したのは彼の功績が大きかったという話だ。

エリーゼより四歳上の二十二歳。十代後半から戦場を駆け巡っていたからか、まだ独身だ。近々帰国するとは聞いていたが、今や帝国中の独身女性が彼との結婚を夢見ていると いっても過言ではない。

そんな彼は子爵家の娘であるエリーゼからしたら、上も上も上はるか格上の身分の人だ。エリーゼの方は、国の様々な催し物で彼の姿を見ることはあったけれど、彼の方はエリーゼのことなんて何一つ知らないはずだ。

一度だけ、教会のバザーで言葉を交わしたこともあるが、彼はエリーゼのことなんて認識していないだろう。

「——あ、いや……すまない」

エリーゼを引き留めたのはいいものの、ルヴァルトも何を言えばいいのかわからないみたいだった。

ベンチに座ったまま、まっすぐにエリーゼを見つめている。

まず、真っ先にその黒い瞳に吸い込まれそうな気がした。エリーゼの明るい空色の瞳とはまた違う、夜空をそのまま映したみたいな綺麗な黒。

少し癖のある黒い短めの髪は、一見無造作に見せつつも、とても注意深くセットされているのがわかる。

濃い青の上着には、襟のところに見事な刺繍が施され、首に巻き付けたタイは、サファイアのピンで留められていた。

しいて欠点をあげるとするならば、目つきの悪さだろうか。彼の目はとても鋭くて、こちらの内面まで見透かされそうな気がして落ち着かなくなってくる。

エリーゼは立っていて、彼は座っているというのに、二人の目線の高さは、エリーゼの方がほんの少し上なだけ。

相手は気分が悪くて休んでいるというのに、夢を見ているような気持ちになってくる。

(……そうね、公爵様と一度でもダンスができたなら)

こんな状況だというのに、不意にそんな夢想にとらわれた。

大人の付き合いの場に出ても、一度もダンスの経験がないのはエリーゼだけ。

壁の花と笑われ続けるのには、いつまでたっても慣れなかった。

舞踏会の招待状が来るたびに、親から出席するよう命じられるたびに、胸のあたりに石を詰め込まれたような気分になって。

もし——もし、彼と一度だけダンスができたなら。きっとその思い出はエリーゼの宝物になる。

（やだ、こんなこと考えている場合じゃなかったのに）

一気に妄想が膨れ上がったけれど、すぐに気を取り直した。

今、目の前にいる彼はやはり具合がよくなさそうだ。きっと、お酒に酔って外の空気にあたりにきたのだろう。

「私、お水もらってきます。きっと、お水を飲んだら少し落ち着くと思うんです」

落ち着かなければいけないのは、エリーゼの方だ。ルヴァルトを見ただけで、夢みたいな想像をしてしまうし、心臓がどきどきし始めている。

「いや、待って——」

「大丈夫、誰にも言いません！　公爵様が具合悪いなんて、知られたら大変ですものね」

酔っているなんて知られたくないのだろう。ならば、エリーゼが自分でグラスを取ってくればいい。

ルヴァルトが止めるのもかまわず、エリーゼはそのまますると中に戻る。

飲み物を運んでいる給仕を捕まえて、水のグラスを一つ受け取った。

お酒に強くない人や、飲みすぎて少し休みたい人のために、こういう場ではお酒以外の飲み物も給仕されているのはちゃんと知っていた。

(別に……何か期待してるってわけじゃないの。だって、本当に具合悪そうだったんだからしかたないわ)

水だけ運んだら、そのままそっと静かにしておいてあげよう。

もし、戻った時に彼がいなくなっていてもそれはそれでしかたない。

だが、ベンチのところまで戻った時、彼がまだそこにいたことに、なぜかエリーゼは安堵してしまった。

「お水、持ってきました。冷たいし、レモンを搾ってあるのですっきりすると思います。では、私は……これで、失礼しますね」

彼の手にグラスを押し付ける。それ以上は何も言わず、すぐに立ち去ろうとした。

人目を避けてここにいるのなら、エリーゼにも側にいてほしくはないのではないかと思ったのだ。

だが、行きかけたエリーゼはすぐに足を止めることになった。ルヴァルトが、エリーゼの名前を呼んだから。

「エリーゼ・ヴェリーシャ嬢——ライムント子爵家令嬢で間違い……ない……か？」

「え？　あの、どうして私の名前を」

ルヴァルトがエリーゼの名前を知ってるなんて思ったこともなかった。

だって、エリーゼの家は城への伺候《しこう》だってめったに許されない。

ルヴァルトとエリーゼがこうやって同じパーティーに出席するのだって珍しい。根本的に交際範囲がかぶらないのだ。

どこかの貴族の屋敷で開かれる茶会だの、慈善活動のための教会のバザーだのですれ違うことはあったとしても、話をする機会もあるはずない。彼が、エリーゼの名前を知っているとは思わなかった。

「あ……あなたが、なぜ、ここに？」

エリーゼの渡したグラスを手にしたまま、ルヴァルトは呆然とつぶやく。

「な……なぜって、言われても」

彼とエリーゼの接点なんて何一つないのに、どうしてエリーゼがここにいるのを悪いことみたいに言われなければならないのだろう。

（私、何も悪いことはしていないのに）

エリーゼの目ににじんだ涙が、粒となって流れ落ちた。

「わ、私だって……こんなテラスに出たかったわけ、じゃ……」

「な、なぜ泣く？　ほら、ほら、ここに座るんだ！　ハンカチ――ハンカチはどこだ！」

泣き始めたエリーゼの手を引っ張り、彼は隣に座らせてくれる。目元にそっとハンカチが押し当てられた。

今年シーズンが始まってからも、去年も、その前も。エリーゼはずっと惨めだった。

誰も誘ってくれないのに、出席しなければならないパーティーの数々。友人達がどんどん結婚を決めていく中、一人売れ残っている現状。

妹達のためにもさっさと嫁ぎ先を決めなければいけないのに、誰一人として声をかけてくれない。

別に、そんな高望みをしているわけではないのだ。最初のうちはたしかに高望みしたこともあった。エリーゼを妻に迎えてくれて、できれば妹達の持参金についても面倒を見てくれるような人。

だが、今や壁の花どころから、売れ残りの花になりかけているわけで。

売れ残った花なんて引き取り手がいないに決まっている。デビューしてからの鬱屈《うっくつ》が、ぼろぼろとエリーゼの口から零《こぼ》れ出た。

「なんてことだ！」

「……やだ、私っ！」

ルヴァルトの大声に、自分が思いきり愚痴《ぐち》をこぼしていたことに気が付いて動揺した。自分よりはるか目上の相手に、なんてことを口走っていたんだろう。

「ご気分が悪かったんですよね、本当に……私ったら！」

公爵の隣に座り込んでいただけではなく、この年になってもまだ一度もダンスしたことがない、なんて――。

なんで、こんな恥ずかしい話をこの人の前でしてしまったのだろう。

「私ったら信じられない……！　もう本当に……失礼しますねっ！」

ルヴァルトの顔を見ていることができなくて、立ち上がった勢いのままその場を走り去る。だって、彼の隣にいたら、なんだか夢を見てしまいそうだったのだ。

（ううん、違う——夢は、もう終わったんだ）

ルヴァルトと一時でも会話する機会があった。それだけで、十分。

（ちょっとした、素敵な思い出ができたと思えばいいわ）

ルヴァルトは、少し目つきは怖いけれど、顔に押し当てられたハンカチは優しかった。

（まさか、もう一度お話をする機会があるなんて思ってなかったわ——）

たった一度直接言葉を交わした時、エリーゼは、彼にホットチョコレートを手渡してお代を受け取っただけ。それ以来、彼との接点はまったくなかった。

自分よりはるかに地位の高い人を、愚痴につきあわせてしまって、申し訳なかった半面話を聞いてもらえて嬉しかった。

きっと、自分のことを知らない人だから、エリーゼも遠慮なく愚痴をこぼすことができたんだろう。

（……もう少しだけ、頑張ってみようかしら）

今シーズンはもう家に引きこもって過ごした方がいいのではないかと思っていたが、もう少し――あと、もう少しだけ、続けてみようか。もちろん、働きに出る準備も進めながら。

そんな出来事があった翌日。エリーゼは自宅の厨房にいた。

今日は、孤児院の子供達にお菓子を届ける日だ。

孤児院では、月に二度だけ甘いお菓子を食べてもいい日があるが、その日は毎回子爵家から焼き菓子を届けている。今回はクッキーを焼くことに決めていた。

妹達もクッキーの生地を作ったり、型を抜いたり、チョコレートを刻んだりとそれぞれ忙しい。

何度もオーブンに生地を入れて焼かないといけないのでけっこう大変な作業だ。エリーゼは好きでやっているけれど、妹達は時間を取られると不満顔をすることも多い。

「届けるのは、私がやるわ。あなた達は、あなた達のお付き合いがあるでしょ」

最後の生地をオーブンに入れたところで、エリーゼは妹達を見回した。

四人の姉妹はとてもよく似ている。ふわっとした金髪に明るい青の瞳。ちんまりとした鼻に小さな口。美人というよりは可愛らしいタイプであるのも、そっくりだった。

ただ、極端に背が低いのはエリーゼだけ。次女のウルスラと三女のティナは成人女性の平均くらいの身長はちゃんとあるし、四女のイーダにいたっては平均より高いくらいだ。

「そうね、お姉様にお任せしておくわ」

「私、お友達とお茶に行くの」

「私も。お茶のあとは、公園に白鳥を見に行くんですって」

まだ成人じゃない彼女達の交友関係の方が、エリーゼよりはるかに恵まれているような気さえしてくる。

エリーゼの言葉をきっかけに、妹達は次々と厨房を出て行ってしまい、エリーゼだけが残された。冷めたクッキーから順番に箱に詰めながら、エリーゼは考え込む。

(……私がいなくなれば、きっとうまくいくのよね。ウルスラならきっとすぐに相手が見つかるでしょうし)

深々とため息をつきながらも、クッキーの入った籠《かご》を手に家を出た。

ライムント子爵家は、教会のすぐ側にある。

御者に命じて馬をつながせ、馬車が車寄せに停められるのを待っているくらいなら、自分でさっさと歩いた方が早い。

教会の敷地は、昔は子爵家のものだったが、新しい教会を建てようとなった時に、大変信心深かった曽祖父が土地を寄付したのである。

現在教会となっているすべての土地がライムント子爵家の持ち物だったというわけでは

ないけれど、少なくとも、今の教会の敷地の六割は曽祖父が寄付したものだ。

そんなわけで、子爵家と教会の間には密接なお付き合いが今でもあった。

ふた月に一度、司祭が夕食に訪れるし、子爵家からは教会に付属する孤児院――孤児院の建物自体はここから少し離れたところにある――に、時々寄付をしている。

昨夜の出来事は母にも話せなかったけれど、今後のことは真面目に考えなければならない。

手にした籠からは、ふわふわといい香りが漂ってくる。籠に手を入れて一枚つまみ食いしたい気分になるけれど、子供達の分だから我慢我慢。

「司祭様、クッキーを届けに来ました」

「いつもいつも申し訳ありませんねぇ」

今この教会を守っている司祭様は、エリーゼ達が子供の頃からずっとこの教会の担当だ。夕方になると孤児院の方に帰ってしまうが、助手の人達が交代で奥の部屋に泊まりこんでいて、建物自体は二十四時間開放されている。

たとえば、道端で強盗にあった人が駆け込んできたり、どうしても宿が満室で泊まれなかった人が助けを求めてきたり、時には駆け落ちの恋人同士が大急ぎで結婚式をあげたりと、教会は二十四時間必要とされているのだ。

「いいえ、いいんです……喜んでもらえたら私も嬉しいし……また、孤児院の方にも遊びに行きますね」

恵まれない者に施しをするのは貴族のたしなみだし、お互いに助け合うことは大切なので文句もない。

にっこりとして、エリーゼは籠を司祭に渡した。孤児院の子供達は、子爵家の人達のためにも毎日お祈りをしてくれているそうだ。

時々孤児院に遊びに行くと、大喜びで会いに来てくれるから、素直に可愛いと思う。

「あのですねえ、司祭様。私、結婚できなかったら修道院で働くのもいいかなって思うんですけど、どう思います？」

「――修道院で？」

司祭は驚いた様子でエリーゼを見る。彼がそんな表情になる理由がわからなくて、エリーゼは首を傾げた。

「ええ。今シーズンの終わりまでは頑張るつもりだけど、私このままいくと売れ残り確定なんですもの。お嫁にいけない姉がいつまでも家にいると、妹達の縁談にも差しさわりが出てしまうから」

本来なら、今年デビューするはずだったウルスラは、来年までデビューを持ち越すことになったのだ。それは、エリーゼがまだ家にいるのに先に次女の話が決まってはむしろ困ると両親が相談した結果だった。

「少なくとも、子供達は私を必要としてくれているでしょう？」

「――君が、そこまで考える必要もないと思うんだけどね」

「でも、司祭様。お嫁にいけないんだから、何か考えないと。家にいたって、いいことなんかないんだから……どうしたらいいと思いますか？」

どうしたら、なんて言ってもますます相手を困らせるだけなのはわかっている。

だが、その時背後から司祭を呼ぶ声がしてエリーゼは振り返った。

（……嘘！）

そこにいるのが誰なのか気づいた瞬間、エリーゼはその場から逃亡したい気分に陥った。

いや、司祭の前でなければ悲鳴と共に逃走していた。

だって、そこにいたのは昨夜みっともない愚痴を聞かせてしまったルヴァルトだったのだ。

（なんで、この方がここにいるのよ――！）

いや、公爵が教会を訪れたところで何一つ悪いことはない。公爵だって、祈りたいことだってあるだろうし、司祭と話をしたい時もあるだろう。

だけど、よりによってエリーゼがここにいる時に来なくてもいいではないか。

間の悪い時に、間の悪いタイミングで顔を合わせてしまうのだな――と、なんだか悲しい気分に陥ってきた。

もちろんルヴァルトは何も悪くない。司祭に用事があるだけだというのもわかっている。

それでも、昨日の醜態《しゅうたい》を思い出せば、彼の顔を見るなんてできるはずなかった。

「エリーゼ嬢……だった、か」

「い、いいいいいえ、違い——ああ、そうじゃなくて、はい、エリーゼです」

自分でも何を言ってるのかさっぱりわからない。

頬はかぁっと熱くなるし、頭はくらくらするし。心臓はドキドキを通り越してバクバクとしていて、息が苦しい。

「あの、私……失礼しますっ！」

「あ、待って。公爵は君に——」

呼び止める司祭の前で頭を下げ、そのまま身を翻す。

どうして、ルヴァルトと何度も顔を合わせてしまうんだろう。

よく考えれば、今日も舞踏会に出席しなければいけない。エリーゼの出席するパーティーにルヴァルトが出席するようなことはないだろうけれど。

(壁の花でいるところは見られたくないな……)

たまたま、縁があって昨日、今日と顔を合わせただけ。だけど、これ以上、彼に惨めなところは見せたくなかった。

(いっそ、欠席してしまおうかしら)

昨夜も誰からも誘われなかった。どうせ今夜も誰からも誘われないんだろう――。

わかっていて、出かけていかなければならないなんて、とため息をつく。

だが、ひょっとしたら誰かエリーゼを見染めてくれるという可能性にかけて、今夜も出かけなければならない。

家に戻ると、エリーゼは今夜の準備に取りかかった。家にいた次女のウルスラが、エリーゼの手元をのぞき込んでくる。

「……お姉様、三日前のドレスで行くの?」

「我が家にはそんなに新しいドレスを用意している余裕がないのは知ってるでしょ。サッシュを前回とは違うものにして、スカートの飾りも違うものにするわ」

今日のドレスは水色のもの。エリーゼは、スカートはふわふわとしていて、そこにはクリーム色の花飾りがつけられている。エリーゼは、その花を全部取ってしまった。

それから、昨日買ってきた白いシルクのリボンを使って、その花があった場所に飾りをつける。同じ白いリボンで靴にも飾りをつけた。

そうしているエリーゼを隣から見ていたウルスラが深いため息をついた。

「――貧乏ってやあね」

「そうね。私のドレスにお金がかかっててあなた達の分まで回らないんだものね。あなたとティナはドレスを共有できるだろうけれど、イーダの時にはまた仕立てないとだめじゃないかしら」

エリーゼが三シーズンにもわたってあちこち出歩かなければならなかったから、子爵家の被服費の大半はエリーゼのドレスに回されている。

それを申し訳ないと思うから、こうしてドレスに手を入れて、何度も同じドレスを着ていると思われないようにしているわけだ。悲しいことに、裁縫《さいほう》の腕だけはすっかり上達してしまった。

「お母様が、おばあ様が若い頃着てたドレスを出してくるって言ってたわ……それを仕立て直して私のお茶会用のドレスを作るんですって。私も新しいドレスがほしい」

ウルスラがまたため息をつく。

(そうよね、私がさっさと結婚を決めていたら……今年はウルスラの番だったんだものね)

最新流行のドレスは、皆、エリーゼのもの。そんなわけで、妹達の不満が大きくなっているのもわかっていた。

「ごめんね。リボンの残りと今取った花飾りは、お茶会用のドレスに使っていいから。このリボンで、袖に飾りをつけたら素敵じゃない？」

どうせ、こうやって小物で変化をつけても、子爵家の財政がひっ迫しつつあることは皆に気づかれているだろうけれど、最低限の対面だけは保たなければ。

(……やだな)

やっぱり、もっと早く修道院に行くとか、外国に行くとか——何か考えておけばよかった。そうしたら、こんなにも妹にまで惨めな思いはさせないですんだはずだ。

もう、何度同じことを繰り返し考えているんだろう。

出かけるのは、また誰にも誘われないという惨めな記録を重ねるだけだとわかっているのに。

でも——今日、行けば。

今日、行ったら、誰か、エリーゼのことを知らない人に会えるかもしれない。

たとえば、隣国からこの国を訪問しているどこかの王族とか。

(……それは、ないわね)

そこまで考えたけれど、勢いよく自分で自分につっこんだ。

「……ごめんね、ウルスラ。私がもっとちゃんとしてたら……」

「お姉様のせいじゃないわよ」

妹に慰められるなんて、本当に自分が情けない。

それきりエリーゼは口を閉じ、黙々とドレスを仕立て直す作業にいそしむのだった。

ドレスの飾りをつけなおし、舞踏会の会場へと向かう。今日、舞踏会が開かれるのは友人の屋敷だ。

付き添ってくれた母は、自分の娘が壁に張り付いているのを見ていられないみたいで、早々にソファでおしゃべりしている友人達の間に逃げ込んでしまった。

（誰か、いい人がいないか頼みに行ったんだわ……）

誰も相手してくれないという状況がいつまでも続くのはよくないと、こういう場合、大人達が手を回してくれることもある。

たぶん、母は友人の息子や甥《おい》にエリーゼを誘わせてくれないかと頼みに行ったのだろう。

今までそんなことしたことなかったけれど、いよいよ切羽詰まってきたということか。

スカートの飾りを白いリボンにしたら少しは目立つのではないかと期待していたけれど、その期待もまたむなしいものでしかなかった。

（……誰か一人くらい、相手をしてくれる人がいてもいいのにね。なんだか、ライムント子爵家は呪われてるってどこかで噂になっているのではないかと思うくらいだわ）

スカートを意味もなく握ったり離したりしながら、エリーゼは会場内に視線を走らせる。

いつの間にか、壁際に残っているのはエリーゼだけになってしまった。

壁際に立って、他の人達を観察し続けているのも……億劫《おっくう》だ。最近では、エリーゼが出席していると逆に他の人達に気を使わせているような気配さえ感じることがある。

誰も誘いに来てくれないということは、きっと今夜も何一つ変わらない。出席している

のも知った顔ばかりで新しい出会いには期待できそうもない

（こんな風に、消極的になっているのがいけないのかしら。でも……）

今日、着ているドレスの飾りをつけなおすのだって時間がかかった。だけど、そんなのなんの意味もなくて。

壁のところで突っ立ったまま、ありえない誘いを待ち続けているのって、本当に馬鹿みたいだ。

（……もう、いいわね）

母には悪いけれど、これ以上は耐えられそうもない。公爵様に愚痴を聞いてもらって、もう少しだけ頑張ろうとも思ったけれどやっぱり無理だ。

このまま、帰宅して——最低限の義理は果たしたということにしてしまえ。

母には残っておしゃべりしてもらえばいい。娘が途中で逃げ出して申し訳ないけれど、壁の花が目に見えるところにいないだけ、皆の気分も楽になるだろう。

母の方を見てため息をついたエリーゼが、視線を前に戻したまさにその瞬間、目の前が不意に暗くなった。

（……誰？）

誰かが立って、目の前が暗くなったということだけはわかる。エリーゼの視線の先にあるのは、上質な上着——の胸というかお腹のあたり。

そこからそろそろと視線を上にあげていけば、その先にあったのは——。

「し、失礼しました……！」

何も悪いことなどしていないのに、その場から逃走しそうになった。

だって、そこに立っていたのはルヴァルトだったのだ。二人の間には接点なんてないのだから、きっと教会で会った時の無礼を咎《とが》めに来たのだろう。

あの時、ろくに挨拶もせずに逃げ出してしまった。

（どうして、こんなに、運が悪いのかしら……！）

昨夜から、ルヴァルトと顔を合わせるのは三度目。それなのに、どうしてこうも毎回醜態をさらしてしまうんだろう。

「あ、いや——エリーゼ嬢」

早くも涙目になりかけておろおろしていたら、上のほうからこちらも困惑したような様子の声が降ってきた。

「俺——いや、私とダンスをしていただけないだろうか。一曲——一曲でいいのだが」

「……はい？」

今、耳にした言葉があまりにも思いがけなくて、出そうになっていた涙が現金にも引っ込んだ。

今、ルヴァルトはなんと言っただろうか。

ダンス？　一曲？　本当に？

頭の中がぐるぐるしたまま彼を見上げる。すると、彼は申し訳なさそうに上半身を折り曲げ、エリーゼと目の高さを合わせてくれた。

「無理なら無理でいいんだ――だが、どうか、一曲。一曲だけでも！」

「あの、公爵様……」

やだ、どうしよう。こういう時は、どう返すのがいいのだろうか。

適切な言葉が見つからなくてあわあわとしていたら、友人達と話をしていたはずの母が素早くエリーゼの背中を押した。

「何やってるの。行ってらっしゃい！」

いつの間に移動してきたんだろう。

たった今の今まで友人達と、あそこのソファに座っていたはずなのに。

なんて考える間もなく、ルヴァルトの腕の中に抱え込まれた――というか、持ち上げられた。

「子爵夫人、感謝する！」

「あの、ちょっと、待って……！」

なんで、こんなことになっている。どうして。

頭の中がいっぱいいっぱいで、今、自分がどこにいるのかさえもわからなくなりそうだ。

（私……今日は、朝寝坊してるんじゃ……！）

これは、夢だ。そうに違いない。

だって、昨年もその前も壁の前から動くことはなかったのに。

それが今や結婚したい男国内一位であるルヴァルトに導かれて、そのままダンスへ連れ出されるなんて。

——でも。

（これってダンスしてると言えるのかしら……！）

フロアの中央まで連れ出された。それはいい。

ルヴァルトにしっかり腰を抱えられている。それもまあいい。

問題なのは。

エリーゼの足が床についていないということだ。彼は腰に回した片方の腕だけでエリーゼを軽々と持ち上げてしまっていた。

「あの、あのですね」

「一曲だけ——それ以上の贅沢《ぜいたく》は言わん！」

叫ぶようにルヴァルトが返す。

「そうではなく！」

これではダンスをしているのではなく、ただ、彼に振り回されているだけだ。

うまく抱えあげてくれているようで、息苦しいとかどこか痛いとかそういうことはないけれど、これをダンスしていると言い張るのには無理がありすぎる。

だが、ルヴァルトはまったく気づいていないようだ。

ステップ――踏めてない！

ターン――回れてない！

今まで会話していた時より、顔の位置がぐっと近くなっているのだから気づいてもよさそうなものなのに。

「公爵様！　公爵様！」

エリーゼはスカートの中で足をばたばたさせた。だが、幾重にも重ねられた布の中で足をばたつかせたところで、彼には気づかれないようだ。

（どうしたら、いいのよ――！）

周囲の視線は、エリーゼとルヴァルトに集中している。人目を集めることに憧れたことがないとは言わないが、こういう風に集めたかったわけじゃない。

一曲終わったところで、ルヴァルトはようやくエリーゼを床の上に下ろしてくれた。そこで、はっとしたように顔をこわばらせる。

「――ええと、これは」

「私、踊れてないです……！」

彼は、ようやく自分がエリーゼとダンスをしていたのではなく、振り回していただけだということに気づいたらしい。

「すまない！」

深々とエリーゼの前で彼が頭を下げ、また、広間にいる人達の視線が一気に二人に集中する。エリーゼは真っ青になってしまった。

(こんな風に謝らせたかったわけじゃないのに……！)

「あの、公爵様。もう、いいので……」

きっと、彼は先夜のエリーゼの愚痴を忘れていなかったのだろう。

気分が悪い人相手になんて愚痴を聞かせてしまったのだろうと、ますます血の気が引いた。だが、一礼して彼の前から去ろうとしたら、腕を掴んで引き留められる。

「もう一度、もう一度だけチャンスをもらえないだろうか。今度は、きちんとするから――！」

彼の声はとても大きくて、広間中に響き渡る。

(なんだか、申し訳ないわ……！)

彼は何も悪くないのに、エリーゼのために何度も頭を下げている。

周囲の視線が一点集中する中、エリーゼに断るという選択肢は残されていなかった。いや、エリーゼ自身も断りたいとは思わなかったのだ。

誰かに手を取られ、ダンスすることを夢見ていた。その夢が今かなおうとしているのに手放す理由なんてないはずだ。

彼に手を取られ、そのまま二曲目に突入する。

（……ああ、やっぱり、背が高いのね）

エリーゼは女性の平均よりだいぶ小柄。ルヴァルトは男性の平均よりだいぶ長身。そんなわけで、二人の身長差はかなりのものとなる。

公爵家の当主でありながら軍属でもある彼は、盛装を身にまとっていても、他の人達とは違うきりりっとした空気を発していた。

意志の強そうな彼の目は、今は、エリーゼだけを見つめてくれている。

（公爵様と、ダンスをするなんて……夢みたい……）

彼の顔を見ることができなくて、目の前にある盛装の胸元に意識を集中する。

人前でダンスをする機会には今まで恵まれなかったけれど、練習だけはちゃんとしてきたから、何も考えずに身体を動かすことができる。

（……あ、手が大きい……）

ルヴァルトの手は、エリーゼのものよりずっと大きい。シルクの手袋をしていても、その下にある手がごつごつしているのはなんとなくわかった。

その手袋越しに伝わってくる熱が、エリーゼの手まで温めてくれるみたいだ。手、だけじゃない。心までぽかぽかとしてきた。

(きっと、あの時の水のお礼ね)

偉い人というものは、受けた恩は忘れないものらしい。

たった一杯の水を運んだだけだというのに。

それなのに、あんなエリーゼの愚痴まで覚えていて、こうやってダンスに誘ってくれるのだから、ルヴァルトはなんて素晴らしい人なのだろう。

「──ありがとうございました。公爵様」

終わらなければいい。ずっとこのまま続けばいいと思っていたけれど、夢みたいな時間は、あっという間に終わってしまった。

ルヴァルトに手を取られて、まるでお姫様みたいに導かれる。彼が向かう方向、すっと人が左右に分かれて、彼のためだけに道が作られているみたいだ。

そして、ソファの一つに座らされた。エリーゼと目の高さを合わせようというのか、彼はエリーゼの前に膝をつく。

「──まるで、羽のように軽いのだな。最初は、持ち上げているのに気が付かなかった」

「は……羽のよう、だなんて」

どうしよう、頬が熱い。

(だめだめ、期待するなんて──今、こうやってお話をできるだけで十分だと思わないと)

どうして彼ほどの人が結婚していないのか不思議でならないのだが——たしかに、あちこち出かけていることが多かったから、今まで落ち着いて結婚相手を探すこともできなかったのだろう。

今年は、もう、どこにもいかないという噂は聞いている。

「いや、本当だ。あなたは、とても軽くて、小さくて。まるで妖精みたいだ」

「あ、待って！」

エリーゼの手が、彼の手の中に包み込まれた。

頭がくらくらしてくる。こんな風に手を握るなんて——まるで。

恋愛小説の主人公になったみたいだ。

「二曲目は、一曲目より上手に踊ることができたと思う」

頭の中が沸騰《ふっとう》しそうなくらいに熱くなって、ただ、首を縦に振ることしかできなかった。

たしかに、最初は抱えられてぐるぐる回っただけだったけれど、二曲目はちゃんとダンスになっていた。

「嫌でなかったら、このあとも付き合ってはいただけないだろうか」

「こ、このあとも……ですか？」

救いを求めて左右を見回してみるけれど、誰も救いの手を差し伸べてくれるつもりはなさそうだ。というか、遠巻きにエリーゼとルヴァルトを見ているだけだ。

「ええと、ですね。公爵様——私、こういう場合、どうし、たら」

彼の手の中に包み込まれているエリーゼの手は、彼の体温を移してじんわりと熱くなっている。

（それなら、私はどうしたいの？　このまま、ここで終わってしまっていいと思っているの？）

どうしよう、どんどん欲張りになっていく。

最初は壁の花のまま終わるのは嫌だと、そう思っていただけだった。

ルヴァルトとちょっと会話して、それだけで信じられないような経験をした。

それなのに、ルヴァルトがダンスに誘ってくれて、二曲目もそのまま踊ってくれて。

そうして、さらに三曲目まで相手をしてくれようというのだから——これ以上欲張りになったら、この先の人生の幸福すべてを引き換えにしてしまうような気がする。

（……だけど。今夜を逃したら、また、壁の花に逆戻りよ？）

心の奥の方から、冷静にそう指摘する声も聞こえてきた。

今日、ルヴァルトがエリーゼを誘ってくれたのは、あの時エリーゼが運んだ水の恩返し。

彼がエリーゼを相手にしてくれるのは今夜だけだ。

今後、どこかで顔を合わせることがあったとしても、遠くから微笑みかけてくれるくらいだろう。

（……だったら）

一回くらい図々しくなってもいいではないか。社交界にデビューしてから、努力はしてきたけれど実らなかった。

けれど、どうせ終わりにするなら、もっと素敵な思い出、一夜の夢を重ねてみてもいいではないか。

自分の中に、そんな図々しさがあったことにエリーゼ自身が驚いたけれど、ルヴァルトの申し出を断ることなんてできなかった。

「私で……よろしければ」

そう答えたエリーゼの声は、とても小さかった。自分の図々しさが、ちょっとだけ恥ずかしかったというのもある。

「ありがとう――感謝する！」

だが、ルヴァルトの大声は、そのエリーゼの返事を完全に消してしまった。

会場中の人がこちらを見ているのはなんとなくわかったけれど、エリーゼはルヴァルトしか見ていなかった。

どうか、今夜の夢が少しでもいいものになりますように。

その夜、ルヴァルトはエリーゼを手放そうとはしなかった。

ずっとエリーゼの側にいては、世話を焼き、ダンスに連れ出し、気分が悪そうだとみれば、外の風にあたってはどうかと提案し、そしてまたソファに戻っては飲み物を差し出してくれる。

（本当に、お姫様になった気分……）

こんな風に誰かに大切に扱われるなんて初めてのことだった。

エリーゼにとっては、壁際が定位置であって、そこで顔を合わせた女の子達と、「今日はどう？」「私はだめ」「こうなったら、贅沢言わない」「誰でもいいから、声をかけてくれないかしら」なんて話をしていた。

それなのに、今は舞踏会の主役みたいにルヴァルトに扱われて、こんな思い出を作ってしまったら、日常生活に戻るのが大変そうだ。

「——エリーゼ嬢。ジュースは？　焼き菓子は？　サンドイッチの方がいいか？」

まるで、エリーゼのことを崇拝《すうはい》しているみたいに、彼は次から次へとエリーゼの世話を焼いてくれる。

グラス一杯の水の礼にしては、あまりにも大きなお返しであったけれど一晩だけだからと自分に言い訳をして甘えてしまう。その夜ずっと、エリーゼはふわふわしっぱなしだった。

◇◇◇

「──クラウス！　俺は、なんてことを！」

「どうしたのさ？」

真っ青になったルヴァルトは、クラウスの家を訪れた。

昨日、ルヴァルトと共に帰国したばかりのクラウスは、ようやく我が家でくつろいでいるところに朝っぱらから乱入されて、ちょっと困惑しているようだ。

「エリーゼ嬢、だ！　デビュー以来ずっと壁の花だったそうだ！」

「はぁ？　君、子爵家に手紙を送ったんだよね」

「──届いていなかった！」

一昨年、ルヴァルトは戦地で重傷を負った。部下のミスによって孤立してしまった部隊を救いに行った時、部下達を逃がすために最後まで踏みとどまって負傷したのだ。

負傷はしたものの、ルヴァルトはその場で倒れたりしなかった。すさまじい勢いで敵を蹴散《けち》らし、部下達を救い出した。

さらにその後も応急手当だけをして指揮を続け、無事に勝利をおさめて、あとのことをクラウスに託したところで倒れたのである。

ひと月の間生死の境をさ迷い、意識が戻ってからも三か月の間寝たきりだった。ようやく回復した時には社交シーズンは終わっていたし、そのままグウィディア王国との講和条件を整えるのに忙しかった。

その講和条件がなかなか整わず、ようやく整えて帰国できたのはつい先日——というか、昨日だ。

「手紙が、予定していた船とは違う船に乗っていた！　その船は沈没したらしい——」

「あぁ、そういや嵐に巻き込まれて沈没した船があったっけね。公文書扱いで送らなかったんだ？」

「私情でそんなことできるか！」

帰国したらエリーゼに求婚するので、誰とも話を進めないようにしてくれないか、とライムント子爵家に手紙を書いた。

公文書扱いで送れば確実だが、国の予算を使うことにためらいを覚えたのである。そんなわけで、私信としてルヴァルトは子爵家へと手紙を送ったのであった。

まさか、手紙が届いていないとは思わなかった。グウィディア王国内をあちこち移動して、戦後の処理だの講和条件を整えるための視察だのと動き回っていたので、返事が来なくてもしかたがないと思っていた。

ようやく帰国できたその日、いてもたってもいられず、ライムント子爵家の令嬢が参加するという舞踏会に出かけたわけだが、あんな話を聞くことになるとは思ってもいなかった。

「――俺は今、非常に後悔している。屋敷の者なら常に俺の居場所を把握していたから、屋敷経由で届けさせればよかった。そうでなければ、やはり全力で公私混同して公文書として送ればよかったのだ！」

がんがんと壁に頭を打ち付けているルヴァルトを、クラウスはため息まじりに壁から引き剝がした。生まれた時からの付き合いなので、こういう時のルヴァルトの扱い方は完全に心得ている。

「……何年も、あんな思いをさせていたなんて！」

数年ぶりに見た彼女の愛らしさに、思わず逃げ出してテラスで呼吸を整えていたものの、あそこでエリーゼに会うとは思ってもいなかった。

だが――ぽつぽつと彼女が語るのを聞いていたら、とんでもない状況に追い込んでいたということを痛感させられる。

それは、エリーゼが誰かにかっさらわれないようクラウスが手を回したことが原因だった。「ルヴァルトが結婚を申し込む予定だ」と伝えたはずなのに、どこで「ライムント子爵令嬢に手を出すと、ルヴァルトに締められる」になったのだろう。

「もう、合わせる顔がない――このまま海に沈めばいいだろうか」

床の上にへたりこんだルヴァルトを、クラウスは勢いよくひっぱりあげる。

「君が海に沈んだところで、魚の餌が多少増えるくらいでいいことないでしょ。さあ、さっさと挽回《ばんかい》するよ」

「挽回って――」

「まずは、次に彼女が参加するパーティーに君も行くんだ。今までの分、全部取り返す勢いで彼女と踊ればいい」

さすがクラウス。ルヴァルトを壁から引き剝がしながらも、次の手を考えていてくれたようだ。

「そうだ、贈り物もいいかもしれないね。そちらの手配はブリギットに手伝ってもらおう。僕も君も女性服の流行にはうといからね」

「ああ、そうだな。それから、たしかあの家は教会と親しくしていたな。司祭とはよく話をしているようだから、彼女が何を好むか、これから司祭に聞いてみる」

そうだ、今までの分を取り戻さねばならない。

ルヴァルトは急にやる気に満ちた。そして、エリーゼについて教えてほしいと使者を走らせ、教会へと向かったのであった。

第二章 「求婚」っていったいなんですか

翌朝、エリーゼはいつになく最高の気分で目を覚ました。

(昨日は、とても楽しかった……!)

舞踏会でお姫様扱いされるなんて、今まで一度もなかった。しかも相手は、リーデルシュタイン公爵ルヴァルトだ。一生分の幸運を昨夜使い果たしてしまったかもしれない。

時々彼の大声が出て、広間にいる人達の視線を一身に浴びてしまったのは困惑したが、そんなの、彼がエリーゼの世話を焼いてくれたあの幸せな時間に水を差すほどのことでもなかった。

(少し、寝坊してしまったわね)

先に帰宅した母親の計らいで、今日は寝坊してもいいということになったみたいだ。いつもなら、決まった時間にお茶を運んでくるメイドも今朝は来なかった。

鼻歌まじりに枕元のベルを鳴らし、メイドを呼んで着替えをしようとしたら、ばたばたとウルスラが入ってきた。

「お姉様ったら、いつまで寝てるのよ！」

「いつまでって……昨夜はちょっと大変だったんだから、いいじゃない」

一晩、せっせと思い出作ってました。

もう、一生分の思い出を作ったので、あとはこのままひっそりしていたいです。

そんなエリーゼの心の声なんて、妹に聞こえるはずもない。

「はあ？　ちょっと大変だったから、じゃないでしょ！　じゃあ、この招待状、どうするの？」

「招待状って？」

ウルスラの手にあるのは、見たことのない封筒だった。エリーゼのところに来る招待状にしては、やけに紙質がいい気がする。

（どこの家の紋章かしら……？）

封蠟《ふうろう》に押されている紋章は、どこかで見たことはあるけれど、親しく付き合っている家のものではなさそうだ。こんな紋章を使っている家に知りあいなんていただろうか。

「何言ってるの！　さっさと開封しなさいよ。それって――リーデルシュタイン公爵の紋章でしょ？」

「は？」

ウルスラが目の前で振り回している封筒を奪い取り、エリーゼはまじまじと封筒を観察した。妹の手にある時からわかるほど上質の紙。赤い封蠟――そして記された差出人の名前。

（――本当に？）

悲鳴を上げそうになったのを、懸命に呑み込んだ。

やっぱり、昨夜何やらやらかしたんじゃないんだろうか。だって、公爵とダンスしたり話をしたり。それだって分不相応だと思っていたのに――。

「いえ、目を回している場合じゃなかった！」

ベッドから降りて、机に近寄り、ペーパーナイフを取り出した。背後からウルスラがわくわくした目で見ているのも気にならない。

さっと封を切って中身を取り出すと、それは、公爵家で開かれる舞踏会への招待状だった。

「嘘、嘘……どうして？」

なんて言えばいいんだろう。

公爵に招待されるなんて想像もしていなかった。だいたい、なぜ、公爵がエリーゼを招待するのだ。

招待状を手にしたまま固まっていたら、ウルスラがするりとエリーゼの手から招待状を取り上げた。

「やだ、すごい！　お姉様、何があったの？」

「わかるわけないでしょ、そんなの……！」

（ひょっとしたら、明日、死ぬ運命にあるとかそういう感じなのかも）

だって、こんな幸運がエリーゼの上に降りかかってくるなんて、おかしい、ありえない、何か間違ってる。

「――チャンスね！」

ウルスラが叫ぶ。

「昨夜、公爵様とたくさんダンスをしたり、お話をしたりしたってお母様から聞いてるわ」

「ま、まあ……それは否定しないけれど……」

「だから、これはチャンスなのよ！」

招待状を天高く突き上げ、妹は意気揚々《いきようよう》と宣言した。

「お姉様のことを、どういうわけか気に入ったんだわ！　だからもう少し話したいと思って招待することにしたのよ。絶対そうに決まってる」

「馬鹿なこと、言わないでよ」

妹みたいに、無邪気《むじゃき》に夢を見ていられればよかったけれど、あいにくエリーゼはそんな時期は過ぎてしまった。

たしかに、昨夜は彼も楽しんでくれているように見えたが、三年間も壁を飾り続けたのに、今さらそんな幸運が降ってくるはずない。きっと、何か他に理由があるのだろう。

（友達の誰かを紹介してほしい、とか）

それなら納得だ。友人達の顔を順番に思い浮かべる。美人だったり、家柄がよかったり。

きっとそういう彼女達の中からルヴァルトも結婚相手を選ぶはず。

どこかで見染めた令嬢を紹介してほしいというつもりなのだろう。昨夜の彼の親切のお礼には、そんなことでは全然足りないが。

「お母様、お母様！　お姉様のドレスを用意しないと！」

招待状を手に、ばたばたと妹が出て行くのを呆然《ぼうぜん》と見送って、エリーゼは頭を抱え込んだ。

（――公爵家の舞踏会に呼ばれても見劣りしないドレスなんて、持ってないじゃないの……！）

公爵家の舞踏会に、あまりみっともない格好で行くわけにもいかない。だが、手持ちのドレスには公爵家に着ていっても大丈夫そうなものなんてなかった。

（やっぱり、この招待はお断りした方が……）

そりゃ、会えるものならエリーゼだってルヴァルトに会いたい。

昨夜みたいに甘やかしてもらいたいわけじゃなくて、ただ、もう一度顔を見ることができたら……。

でも、そんなのありえない。

とにかく、着替えて、下に行って、無謀《むぼう》なことをしようとしている妹を止めなければ。

メイドを呼ぶのも面倒になってしまい、一人で着られるものを適当に引っ張り出して身に着けた。そのままばたばたと下に向かいかけたところで、ウルスラの叫ぶ声が聞こえてくる。

「もー、今日は、何なのよ！」

階段を一気に駆け下り、エリーゼは口をぽかんと開けた。

次から次へと運び込まれてくる箱、箱、箱。

たくさんの箱が運び込まれ、最後にエリーゼに手渡されたのは、バラを中心に色とりどりの花が使われた大きな花束だった。

たぶん、執事と思われる男性が、恭しくエリーゼに向かってそれを差し出す。

「今日は、主は来られず、大変残念がっておりました。エリーゼ嬢につきましては、こちらをお受け取りいただければ主も喜ぶことでしょう」

「ま……待って。ちょっと待って、なんでこんなことになっているの？」

玄関ホールを埋め尽くす箱の山。そして、エリーゼの手の中でかぐわしい香りを放つ立派な花束。

――これっていったいどういうことだ。

今しがた受け取ったばかりの招待状に対する返事もきちんとしないうちに、執事は引き上げてしまう。

その時になってようやく自分が置かれている状況を把握したエリーゼの悲鳴が、玄関ホールに響き渡る。山と積まれた箱はすべて、ルヴァルトからの贈り物だった。

◇◇◇

その日の夜、エリーゼは、馬車から降りたところでため息をついた。

(やっぱり、分不相応だと思うのよ……)

いつも身に着けていたドレスより、はるかに高品質の布地で仕立てられたドレス。

ルヴァルトに服のサイズなんて教えていないのに、今朝届けられたドレスはどれも、どういうわけかエリーゼの身体にぴたりとあっていた。

届けられたドレスはすべてエリーゼのサイズだったので、突っ返すわけにもいかない。

それに返したところで、着られる女性はほんの一握り——いや、子供しか着られないかもしれない。

(こんな、贈り物までいただいて……どういうことなのかしら)

ライムント子爵家の玄関ホールを埋め尽くしていたのはすべて、エリーゼに贈られた品だという。

エリーゼは気づいていなかったけれど、両親の方にも公爵から手紙が届けられていたようだった。

その手紙には、エリーゼに贈り物をしたい。そして、それを身に着けて、公爵家で開かれる舞踏会に出席してほしいと書かれていたそうだ。

（友達を紹介してほしいにしてはずいぶんたくさんの贈り物よね……本当に、どういうことなのかしら）

ドレスだけではなくて、ドレスに合わせて、同じ布地で作られた髪飾りだの、真っ白なシルクの手袋だの、キラキラした飾りのついた靴だの――。

山と積まれた箱の中身はすべて、女性なら一度は身に着けてみたいと思うであろう品々だった。

それに、ドレスだって一着だけではなかった。

ラベンダー色に、クリスタルビーズでびっしりと刺繍を施したドレス。とても華やかで舞踏会で目を引くこと請け合いだ。

エリーゼの目の色に似た青いドレス。スカート全体にアシンメトリーに施されたフリルが美しい。

今年流行の深い赤。すらりと着こなすのが流行だけれど、エリーゼの身長ではそれも難しい。だが、デザイナーの腕が最高によいのだろう。身に着けてみれば、いつもより少しだけ背が高く見える。

その他にもピンクのドレスや、ライムグリーンのドレス、水色、黄色——それぞれに合わせた靴やバッグや——とにかく、子爵家の玄関ホールが贈り物の箱で埋め尽くされたというのは、大げさな話ではなかったのだ。

「——本当に、ここまで来てしまってよかったのかしら」

使用人に奥へと案内されながら、エリーゼはため息をついた。自分がここにいるというのは、何かの間違いのような気がしてならない。

(公爵様は、何をお考えなの)

分不相応な待遇《たいぐう》を受けているのが怖い。ひょっとしたら、まだ夢を見ているのかもしれない。

けれど、長い廊下を進み始めたとたん、向こう側からものすごい勢いで走ってくる人が見えた。

あの長身は、見間違えようがない。エリーゼを案内してくれていた使用人が、丁寧に一礼して引き下がる。

「——あの、公爵様」

贈り物のお礼をしようと口を開きかけた時、エリーゼの前で立ち止まったルヴァルトは大きく息をついた。

（まさか……何か、間違っていたかしら）

今日の舞踏会にはふさわしくない装いだっただろうかと慌ててきょろきょろする。だが、そんなエリーゼに向かいルヴァルトは大声で言った。

「なんて――なんて、可愛らしいんだ！」

「……はい？」

今、自分が耳にした言葉が信じられなくて、失礼なのもかまわず問い返してしまった。

可愛らしい、と今聞こえなかっただろうか。

気のせいだ、きっと気のせいに違いない。

だが、ルヴァルトは、長身をかがめてエリーゼの目を真正面からのぞき込んできた。

「あの、ええと」

「――来てくれて、本当に嬉しい」

「……え？」

どうしよう、きっと耳が壊れたのだ。だって、先ほどから信じられないことばかり耳にしている。

「今、なんて……？」

「来てくれて、嬉しい、と言った」

（空耳じゃなかった！）

ひゃあ、とかあぅ、とか。意味のない言葉を発している間に、エリーゼはルヴァルトの腕の中に抱え込まれていた。

押し付けられた上質の布地の感触に、ぽんっと頭に血が上る。しばらくエリーゼを抱きしめておいて、それからルヴァルトはそっと腕を解いてくれた。

また、正面から向き合う形になって、エリーゼは目をしばたたかせる。自分でもどうかしていると思いながら、自分で頬をひねってみた。

「――痛い……」

「どうした？　そんな、頬をひねるとか――！」

ルヴァルトが焦った顔になるから、こちらも申し訳なくなる。彼の前でとてつもなく失礼なことをしているのもわかっていた。

「あ、いえ……夢じゃないかと思って……ごめんなさい」

頬をひねったら痛かった。痛かったということは、これは現実だ。

ルヴァルトの前でなんてことをしてしまったんだろう。自分の要領の悪さに目を回しそうになる。

「あの、ご招待ありがとうございます。う、嬉しかった、です……あと、贈り物、も……ありがとうございます」

今、エリーゼが身に着けているのは、宝石類以外、すべてルヴァルトから贈られた品だ。サーモンピンクの可愛らしいドレスは、スカートを何枚も何枚も重ねてあって、動くたびにふわふわと揺れるのだ。上半身もフリルとレースがたっぷりと使われていて、エリーゼの子供みたいな体形を上手にごまかしてくれていた。

「ああ——本当に、可愛らしい。このまま連れて帰りたいくらいだ」

「帰るってどこへですか」

帰るも何もここはルヴァルトの屋敷なのに、どこへ連れて帰るというのだろうか。

「このまま帰したくないくらい——ああ、いや。あなたがここに来てくれるとは思わなかった！　俺が無礼な真似しかしなかったから、来てもらえないのではないかと」

「そんなこと……公爵様からのご招待をお断りするなんて……でも、あの、こんなにたくさんいただいて……」

着ていくものがないから、断るしかないと思っていた——なんて言えなかった。それよりは、彼がこんなにもエリーゼによくしてくれる理由がわからない。

「俺が、そうしたいと思ったんだ——なぜなら、俺は、あなたに結婚を申し込もうと思っているのだから」

エリーゼはまた固まった。たっぷり一分は固まった。

やっぱり耳が壊れているらしい。帰ったら医者を呼ばなければ。

放心状態のエリーゼを現実に引き戻したのは、ルヴァルトの不安そうな声だった。

「もしかしたら、め、迷惑だっただろうか――俺は見てくれも悪いし、気もきかないし、声もでかいし」

「見てくれが悪いって――」

誰だ、そんなことを言ったのは。

たしかにルヴァルトは少々とっつきにくい顔立ちかもしれない。

彫りが深く、力強い目元。鋭いまなざし。がっしりとした首。それにぎゅっと結ばれた唇。

強面と言ってしまえば強面かもしれないし、縦も横も男性の平均より大きいのもまた事実。

だが、それが軍服を着た時には最高に格好よく見えるし、彼を視線で追いかけてキャーキャー言ってる女性達がいるのだって知っている。

「そ、そんなことないですっ！　わ、私は好きですよ！」

（……って何、言ってるのよ、私ってば！）

青ざめたエリーゼは心の中でつっこんだ。

エリーゼは、たしかにルヴァルトに厚意を寄せてはいるけれど、それは先日壁の花脱出に手を貸してくれたりとか、この素敵な贈り物とか、あくまでも厚意であって好意ではない。

（……本当に？）

心の奥のどこかから、そうささやきかける声が聞こえる。

「――私、ごめんなさい。なんて失礼なこと――」

だが、言葉は途中で途切れた。

エリーゼが先に出した言葉を取り消ししようとしたとたん、目の前にいるルヴァルトがしゅーんとしてしまったからだ。

「……嫌われてはいないと思ったのは間違いか」

「いえ、間違いではなくて、感謝していて――どうしましょう、私」

自分の言葉を上手に言い表すすべを、エリーゼは持ち合わせていなかった。

昨夜からの出来事があまりにも波乱万丈すぎて、自分の頭の中を整理するのでいっぱいいっぱいだったのだ。

「――公爵様」

思いきって、エリーゼは顔を上げた。こちらを見下ろしている彼の黒い瞳。あの夜、テラスで会った時も、吸い込まれそうだと思った。

（……そうね）

胸がきゅうっと引きつれるような気がした。

きっと、とっくの昔に恋に落ちていたんだ。今までエリーゼが意識していなかっただけで。

そのタイミングがいつかなんて、エリーゼにもわからなかった。

テラスで鉢合わせた瞬間だったのかもしれないし、彼がエリーゼにダンスを申し込んでくれた時だったのかもしれなかった。

ひょっとしたら、今、彼の贈ってくれたドレスを身に着けたエリーゼを誉めてくれたまさにこの瞬間だったのかもしれなくて——でも、一つだけ確信を持てるとしたら。

(この人のことを、好きになっている)

ルヴァルトに、壁の花だと思われたくなかったのはエリーゼの見栄。

離れないといけないと思いながらも、そうしなかったのは、ただ、側にいたかったから。

今日だって、最後にもう一回だけ会えたらいい——そんな醜い気持ちがあったのは否定しない。

彼の厚意を受け入れるのは間違っている、不釣り合いだと心の奥では自分自身で警鐘《けいしょう》をけたたましく鳴らしている。

きっと、こんな時間は長続きしない。

だから、それまでの間、せめて精いっぱいの誠意を彼に返そう。エリーゼは微笑んだ。

「素敵なプレゼント、ありがとうございました。私……公爵様ともう少し、お話がしたいです」

「話を？」

「はい。お話です。私の聞き間違いじゃなかったら、公爵様は私に結婚を申し込もうと思ってる、とおっしゃってましたよね」

「もちろん、申し込もうと思っている。俺はいい加減なことは口にしない」

彼のこの言葉だけで、十分だった。それ以上は望んではいけないと――。だって、本当のエリーゼを知ったなら、きっとこんな会話は成り立たない。

「……でも、お話をしたら、私に幻滅するかもしれないですよ。公爵様は、私のことをすごく親切な人間だって思ってらっしゃるみたいですけど……もっと話をしたら、違うって思うかも」

（……これで、正解よね）

たぶん、ルヴァルトはエリーゼのことを何か誤解しているのだ。

だから、少し話をしてエリーゼのことをちゃんと知ったら――先ほどの発言は、きっと撤回されるだろう。

だから、彼といられるのはほんのわずかな間だけ。

（やっぱり、私はずるいんだわ）

エリーゼはそれもちゃんとわかっていた。

ずるい、自分はずるい——そして、卑怯《ひきょう》だ。こんな風に、ルヴァルトを独り占めにしようとしている。

この間も一夜の思い出と自分に言い聞かせて。今日だって、もう少しだけと言い聞かせている。

きっと、彼がエリーゼに幻滅《げんめつ》して求婚を取り下げたら——そうしたら、きっとこの気持ちを封じることができる。封じ込めるつもりだ。

だから、もう少しだけ——彼の側にいることを許してほしい。

誰に許しを乞うているのか、エリーゼにもわからなかったけれど、そう思った。

「俺も、エリーゼ嬢ともっとたくさん話がしたい。そして、結婚してもいいと思ってもらいたい」

どうして、と口にすることはできなかった。エリーゼに微笑みかける彼が、とてもとても嬉しそうにしていたから。

——でも。

彼と一緒にいたら、何か違う景色が見られるのかもしれない。なんて、考えてしまってはだめ、だろうか。

不安な気持ちも大きいのに、その中に小さな希望を探そうとしてしまう。なんて醜いんだろう。

「──ルヴァルト、ここにいたの。ああ……彼女が、エリーゼ嬢ね！」

ルヴァルトのあとを追って出てきたのは、背の高い美女だった。

直接の面識はなかったけれど、相手が誰なのかエリーゼはすぐにわかった。ブリギット・ヘーラー。この国一の美女、と言われる女性だ。

たしか、エリーゼより少し年上──ルヴァルトと同じ年で、彼の母方の従姉妹だった気がする。

彼女に声をかけ、一度でもいいからダンスに応じてほしいと願っている男性は山のようにいるのをエリーゼは知っていた。

（でも、この方も……まだ結婚はしていないのよね……）

ブリギットも、十五くらいで社交界にデビューしていたはず。だが、彼女もエリーゼ同様まだ結婚はしていない。

すらりと高い長身に、羨望《せんぼう》の念を抱かずにはいられないほどの見事な曲線を描く肢体。濃く、長い睫毛《まつげ》にびっしりと囲まれた大きな瞳に、高い鼻。唇は常に笑みを浮かべていて、瞬き一つで、あたりの男性を悩殺《のうさつ》することができる妖艶《ようえん》な容姿の持ち主だ。

ヘーラー家と言えば、名門一族であり、彼女と結婚できたら死んでも本望、いや、死んでしまっては困るけれど──そのくらい、熱望している男性もいると聞く。

デビュー以来ずっと壁に張り付いていたエリーゼとは全然違うのだ。

そんな相手を目の当たりにして、エリーゼは困惑した。彼女と会話することがあるなんて、思ってもいなかったのだ。

「ほらー、やっぱりよく似合う！　私が言った通りでしょう？　可愛いんだから、可愛いドレスを着せないと！」

エリーゼの方へすさまじい勢いで突進してきたブリギットは、エリーゼの両手を取るとぶんぶんと振り回した。

「……あの？」

「ごめんなさいね、ほら、ルヴァルトって朴念仁もいいところでしょう。『女性のドレスなんてどこで買ったらいいのかわからない。協力してくれ』って言われたから見立てるのを手伝ったけど、他の女の見立てなんていい気はしないわよね？　だから、今度はあなたが自分のほしいドレスをおねだりして」

（……ドレス？　おねだり？　ええと……）

両手を握りしめられ振り回されているエリーゼの方は、まったく現状を理解できていない。どういうことなのだと自分に問いかける回数が、この数日で急激に増えた。

まさか、ブリギットと話をする機会があるなんて思っていなかった。それなのに、こんなことになって――。

「ブリギット！」

慌てた様子でやってきたルヴァルトが、二人の間に入り込んだ。そうして、エリーゼを自分の腕の中に囲い込む。

「仕立屋を紹介してくれたのはありがたいが！　だが、エリーゼに手を出されては困る！」

「えー……！　だって、あなたが興味を覚えた数少ない女性なのに！　こんなに可愛いのに！　私、可愛い子大好きなのに！」

ブリギットが足をだんだん鳴らしている様子を見て、エリーゼはますます混乱した。彼女ってこういう人だったのだろうか。普段見せている姿とはまるで別人だ。

（なんだか、とんでもないところに来てしまったような気がするの……！）

どうして、こんなことになっているのだろう。さっぱり理解できなかった。

「ごめんねぇ、巻き込んでしまって。ほら、ブリギット。今のは君がよくない。ルヴァルトとエリーゼ嬢を二人にしてあげないと」

「いやよ！」

「いやよ、じゃなくて！」

（……あ、もう一人）

ルヴァルトの腕に抱え込まれたまま、エリーゼは突然現れた三人目を呆然と見た。

彼は——やっぱり、直接の面識はないが、顔だけは知っている。エリーゼの方が一方的に。

クラウス・ヴィッターマン――ルヴァルトの親友だ。

彼もまた、名門貴族の子弟であり、今は、ルヴァルトの副官のような役をしている、らしい。軍のことはよくわからないから、副官がどんな仕事をしているのかはよく知らないが。

ルヴァルトが堂々とした体軀なのに対し、クラウスはひょろりとしていた。これで、剣を使えるのかと心配になってしまいそうなくらい瘦せているが、腕はなかなかのものらしい。

そうでなければ、戦場のど真ん中に真っ先に駆け込んでいくというルヴァルトの副官は務まらないんだろう。

「ほら、君も気が利かないね。ルヴァルトと彼女を二人にしてあげないと――」

「だったら、クラウスが相手してくれる？」

くるりとクラウスの方を向き直ったブリギットは、蕩《とろ》けそうな笑みを浮かべた。エリーゼが男性だったら、確実に悩殺されていた。だが、クラウスはそんな彼女の様子にもなんとも思わないみたいだった。

「君には、もっといい相手がいるでしょ。ほら、あそこに君とダンスしたい男性が列を作って待っているから」

「やだー！」

やだーって子供じゃないのに。

でも、ブリギットならば、そのくらい許してしまいそうになるから不思議なものだ。

やだやだと言っているブリギットを、クラウスはやすやすと引きずっていく。

クラウスの言うように、二人の行く先には、多数の男性が列を作って待っていた。

（……いいな）

一度でいいから、あんなに列を作って待ってもらいたい――って、そうじゃなかった。

「公爵様……いろいろ考えてくださったんですね。ありがとうございます」

「あ、いや……女性の身に着けるものは、よくわからない――から」

ルヴァルトが耳まで赤くした。本当に、この人が戦場では恐れられているんだろうか。

ブリギットと一緒になって、一生懸命考えてくれたのかと思うとますます彼への気持ちが大きくなるような気がした。

こんな厚意を与えられるの、間違っているのに。

「――それで、だ。エリーゼ嬢――ええと、その」

エリーゼを腕の中に囲い込んだまま、なんだかルヴァルトはもじもじとしている。エリーゼは首を傾げた。

「エリーゼ、と呼んでも――ええと、いいだろうか……」

「……かまいませんが」

というか、今までエリーゼ嬢と呼んでもらっていたのが分不相応な気がする。

呼び捨てにしようが、「おいそこのお前」ですませようが、ルヴァルトの身分ならばなんでもできるのに。

「――公爵様の、お好きなように呼んでください」

でも、とエリーゼは心の奥の方で考えた。

（公爵様に、エリーゼって呼ばれるの……なんだか、ドキドキする）

想像しただけで、頭に血が上った。

エリーゼを腕から解放したルヴァルトは、腰をかがめてエリーゼと目を合わせてくれた。

そう言えば、彼はエリーゼと話をする時、よくこうやって目の高さを合わせてくれる。

間近で彼と見つめあう分、目線をどこにやったらいいのかうろたえてしまうけれど、胸の奥にふわりと温かなものが広がってくる。

「では、エリーゼ」

「うひゃ、はい！」

妙な声が出そうになって、慌てて返事を直す。

彼の口から出る「エリーゼ」という名前は、恐ろしいくらいの破壊力だった。

頭から一気に魂が抜けるかと思った。

だいたい、彼の方がかがんでくれて、エリーゼと目の高さを合わせてくれて、それからゆっくりと名前を口にしてくれるなんて。

どこかそのあたりにお迎えの天使がいるんじゃないかときょろきょろしてしまう。

(だって、おかしいと思うのよ……)

夢じゃないことは確認した。彼に求婚されたのもなんとなく理解した。

けれど——本当にこれは現実なんだろうか。

「俺のことは、ルヴァルト、と呼んでほしい」

「はい、ルヴァルト——って、えええええっ！」

ついうっかりそのまま返しかけて、エリーゼは思わず飛び上がった。そして、目の高さを合わせてくれていた彼と思いきり正面からぶつかる。

「いったあ……！」

目の前に星が散る、というのはこういうことなんだろうか。

二人の額がぶつかり合って、ごちんとそれはもういい音がした。

「——こ、これは……！」

ルヴァルトの方も、額に手を当てて困ったような声を上げる。

「俺は、無茶なことを言ってしまったのだろうか。嫌ならいいんだ、無理強いはしない！」

「そういうわけじゃないんです！　ただ、呼び捨てにするのはちょっと——！」

ルヴァルトのことを呼び捨てにするのは無理だ。

幼い頃からの友人ならともかく、まだよく知らない相手だし、彼の方が年上だし、それを言ったら家の格だってものすごく違う。

——でも。

（もう少しだけ、仲良くなれたら……）

夢だ、夢だ、信じられない。あきらめる努力をしなければなんて心の中では繰り返しているくせに、本当のところは未練がましさいっぱいだ。

「公爵様が、お嫌じゃなかったら、『ルヴァルト様』とお呼びしても……？」

「そ、それでいい……！」

ルヴァルトは額から手を離すと、エリーゼの顔をもう一度のぞき込んできた。

（やっぱり、緊張する……！）

すぐ側に、彼の顔があるのは心臓に悪い。

過度な労働を強いられている心臓は、先ほどからずっと早鐘《はやがね》を打ちっぱなしだ。この状態が常に続くのなら、そのうち壊れてしまいそうな気がする。

「よかった。エリーゼの額には、傷はできていない」

「ちょっとぶつけただけですよ」

額を指で押さえて、エリーゼは笑った。なんだか、たいしたことないような気がしてきた。

「では、エリーゼ。もう一度やり直しをしよう。俺と――ダンスをしてもらえないか」

「はい、喜んで！」

その日、ルヴァルトは最後までエリーゼを離さなかった。というより、最初から最後までエリーゼを独占した。

彼以外とダンスをする機会もなく――彼以外と踊りたかったわけではないからいいのだが。

(今夜だけ、こんな幸運……今夜だけよ……)

こんな幸運長続きするはずがない。

彼の顔を見るだけで、頭がふわふわする。ダンスを踊っている時だって雲の上みたいだ。

彼がエリーゼに求婚してくれたのは、単なる早とちりで――エリーゼのことをよく知ったなら、絶対にこの話はなかったことになる。

(……溺れないようにしなくちゃ)

こんな幸せな時間なんて、もう残されてはいない――だから、これがルヴァルトと過ごす最後の幸せな時間。

結局、丁寧に家まで送り届けられたのは夜明け間近になってから。それまでの間、エリーゼは、最後の幸せを心ゆくまで味わったのだった。

けれど、物事はエリーゼの予想とはまるで違う方向に進んでいた。最後の幸せだと思っていたら、そういうわけでもなかったらしい。

◇◇◇

公爵家から使者が来たのは、その翌日のことだった。

「まあまあ、どうしましょう」

「エリーゼ、お前何かやったんじゃないのか？」

公爵自らこの屋敷を訪問するという使者の言葉に、両親はそれはもうわかりやすくうろたえた。

「ほら、分不相応な贈り物をうきうき受け取ったからだ！」

「図々しく舞踏会に乗り込んだからかもしれないわ！」

居間に呼び出されたエリーゼは、口々に言いあう両親をため息まじりに見た。

「あのね、お父様、お母様。贈り物を突き返すのは失礼だし、ご招待をお断りするのも、失礼でしょう……公爵様が何をお望みなのか……私にもよくわからないけど」

（あんなにお話したのに、ルヴァルト様は私を嫌だって思わなかったのかしら）

あれだけ一緒にいたのだから、彼とエリーゼが釣り合わないのは、すぐに知られてしまうと思っていたのに。

彼は求婚したいと言ってくれたけれど、昨夜の今日ではいくらなんでも早すぎる。

とにかく、今日の午後ルヴァルトが来るというのだから、それを待つしかないわけだ。

『俺も、エリーゼ嬢ともっとたくさん話がしたい。そして、結婚してもいいと思ってもらいたい』

エリーゼの耳に、ルヴァルトの言葉がよみがえる。

どうしよう？　まさか、本気なのだろうか。

頬に手を当ててみたら、そこは熱くなっていた。

約束したのは、使者が訪れた当日、午後。

ルヴァルトが到着したのは、あまりの急展開に大騒ぎしながらなんとか公爵を迎えても恥ずかしくない程度の準備を終えたころだった。

馬車から降りてきたルヴァルトは、大きな花束を抱えていた。迎えに出たエリーゼの手に、その花束が押し付けられる。

「──ご両親と、大切な話がしたい。それが終わったら──あなたにも」

「……はい」

エリーゼは受け取った花束に顔を隠すようにした。こんな風に、花束と共に「大事な話」なんて聞いたら期待してしまうではないか。

（……本当に、求婚にいらしたのかしら……？）

そんな幸福ってありえるのだろうか。彼とこうして親しく言葉を交わすようになってから、信じられないことばかりが続いているみたいだ。

エリーゼがぼうっとしている間に、慌てた両親もルヴァルトを出迎えにやってくる。

「ようこそ、おいでくださいました」

「狭い屋敷ですが、どうぞ客間においでください」

メイドに、花瓶を部屋に持ってきてくれるようにと頼んでおいて、エリーゼは自分の部屋に引きこもる。

届けられた花瓶に花をいけているところに、どやどやと三人の妹が入ってきた。

「ねえねえ、公爵様はどうしてここに来たの？」

「まさか、求婚？」

「そんなわけないでしょー。だって、エリーゼ姉様よ？」

部屋に押しかけてきた妹達は、口々に好き勝手なことを言っている。エリーゼは妹達を見回して、両手を腰に当てた。

「そんなの、私にわかるわけないでしょう。どうしてあなた達がそんなにきゃーきゃーいうのかしらね？」

「あ、怒った？」

「だって気になるんだもの」

「気になる……だって、エリーゼ姉様が結婚しないと、私達の順番回ってこないんでしょう？」

女同士だし、生まれた時から一緒にいるしで、妹達の口調は容赦《ようしゃ》ない。

「べ、別に好き好んで相手が見つからなかったわけじゃ……」

三方から詰め寄られて、エリーゼはあたふたしてしまった。これでは、一方的にエリーゼの分が悪い。それはわかっているのだ。

それに、今まで結婚できなかった引け目もあるのだ。

「……旦那様と奥様がお呼びでございます」

メイドが恭しくエリーゼを呼びにやってきて、部屋に集合していた妹達がぴたりと静かになった。

妹達の不気味な期待を背に、エリーゼはこわごわと両親がルヴァルトをもてなしている客間に向かう。

（本当に、なんのお話なのかしら……）

「……では、私達はこれで」

うろたえた様子の両親は、エリーゼを残しそそくさと退室してしまった。

客間の入り口に立ったまま、エリーゼはそこでもじもじとしてしまった。ルヴァルトは、ソファに座っていて、両親の退室を待っていたかのようにゆっくりと立ち上がる。

そして、彼はエリーゼの方へと近づいてきた。

「エリーゼ・ヴェリーシャ嬢。どうか、俺と結婚してください。ご両親の許可はすでにいただいた。すぐにでも結婚しよう。今すぐ結婚しよう」

「……はい？」

沈黙してしばし考え込んでから、エリーゼは裏返った声を上げた。

結婚してくださいは、まだいい。どういう理由で求婚してくれたのかはわからないが、とりあえず、今、正式に求婚されたのは理解した。

だが、そのあとのすぐにでも結婚しよう、今すぐ結婚しよう——とはどういうことだ。

「……今、ですか？」

「今、だ」

気が付いた時には、両手をがっしりとルヴァルトに握られている。

断る気もないが、これは断ることを許されない雰囲気だ。

（……本当に？　私、本当に今求婚されているの？）

昨日の今日で、あまりにも時期尚早ではないだろうか。まだ、お互い、よく知りあってもいないのに。

いや、エリーゼは彼に心奪われているけれど——彼が、エリーゼに好意を持ってくれる理由がさっぱりわからない。

「あの、でも……もっと私のことを知ってからの方がいいのでは……？」

「そんなものは必要ない！　俺には昨夜までの時間で十分だ」

重ねられたルヴァルトの言葉にも、まだ返事をすることができない。

──というか。

客間のドアがほそーく開けられていることにエリーゼは気が付いた。そちらに目をやれば、上下に重なった三対の目が、客間の中をのぞき込んでいる。

下から四女のイーダ、三女のティナ、そして次女のウルスラだ。何も、ここまで見に来なくてもいいではないか。

（……でも、そうよね）

妹達に期待されているのは間違いのないところなのだ。それをありがたいと思うかありがた迷惑と思うかは別として。

本当に、こんな幸福が自分の上にやってくるとは思ってもいなかった。

「……私で、いいんでしょうか？」

「あなたがいい。あなた以外、ほしくない」

きゃーっと、細く開けられた扉の方から悲鳴じみた声が上がる。両手をルヴァルトの手にゆだねたままエリーゼは微笑んだ。

「どうぞ、よろしくお願いします。ルヴァルト様」

窓ガラスが割れるのではないかと思うくらいの歓喜の声と共に、ルヴァルトがエリーゼの手を握りしめる。

言い訳をしても始まらない。エリーゼが、彼と一緒にいたいと思ってしまったのだ。

こうして、ルヴァルトとエリーゼの婚約は成立した。

◇◇◇

求婚は受け入れたものの、あまりにも急激な展開すぎて、なんとなく今の幸せは納得できないものらしい。

(なんとなく……まだ現実のものとして認識できないのよね)

結婚しよう、今すぐしようといったところで、本当に今すぐ結婚できるわけではない。

ドレスの仮縫いだ、招待客の確認だ、嫁入り道具の手配だ、と毎日ばたばたしているけれど、準備が終わるまでは、結婚式をあげるわけにはいかない。

特にルヴァルトほどの大貴族ともなると事前の準備だけでなく、他の貴族達への根回しも必要になる。エリーゼの着る花嫁衣装だって、手の込んだ品を用意しないといけないわけでかなり大変だ。

そんな理由から、結婚の準備期間は、ルヴァルトの友人達と親交を深める期間にも当てられることになった。

そして、今日、エリーゼは、ブリギットの屋敷に招待されている。

ブリギットは、ルヴァルトの従姉妹であり、公爵家のことについても詳しい。そのため、エリーゼに公爵夫人として覚えておかなければいけないことを教える役を引き受けてくれた。

「――はぁ、結婚したい」

勉強を終え、テラスでお茶を飲みながら、ブリギットが嘆息《たんそく》した。

「……ええと……それは……」

ルヴァルトをのぞいて誰も相手にしてくれなかったエリーゼと違って、ブリギットは相手は選び放題。今まで独身なのは、ブリギットのお眼鏡にかなうだけの相手がいなかったというだけの話なのだろう。

「ああ、なんで結婚しないのかって顔してるわね」

「ごめんなさい」

言葉にはしなかったけれど、思いきり顔には出ていたらしい。

思っていることが表情に出てしまうのは、気をつけないとと思っているのになかなか直すことができない。

「いいのよ。だって、この年で結婚できないなんてよほど何かあるって思われてもしょうがないわよね。単に、相手が振り向いてくれないだけなんだけど」

エリーゼの前で、ブリギットは深々とため息をついた。それは、深く。ものすごく深く。

「ブリギット様に振り向かない男性がいるの？　本当に——？」

あまりにも驚いたので、椅子を蹴り倒しそうな勢いで立ち上がった。ブリギットに想われて振り向かないなんて、どれだけ相手は贅沢なのだ。

いや、お互い好みとか相性とかいろいろあるのだろうし、そこにエリーゼが余計なことを言うのも間違っているのだろうが信じられない。

「そう言ってもらえると安心するわ。そうなのよ、振り向いてもらえないのよ。嫌になってしまうわね——ずっと、好きなのに」

あまりにもブリギットの表情が暗くなったから、思わずエリーゼも目を見張った。彼女が、こんな表情をすることがあるとは考えてもいなかった。

けれど、ブリギットが落ち込んだのは一瞬のこと。すぐに顔を上げて、エリーゼに素敵な笑顔を見せてくれる。

「そんなことより、私のことはどうでもいいから、あなたの支度を頑張らないとね」

「ええと、頑張るって」

まだ、努力が足りないだろうか。ブリギットに言われるとそわそわしてしまう。

「ほら、ルヴァルトには両親がもういないでしょう。親戚はそこそこいるけど、家族ぐるみの付き合いっていう近い親戚っていうと我が家と皇帝陛下くらい。まさか、女手が必要だからって皇妃様を借り出すわけにもいかないでしょ。だから、結婚式の女手は、私が貸すから安心して！」

ルヴァルトは両親を早くに亡くしている。父親である前公爵はルヴァルト同様軍人で、若くして戦死したそうだ。

前公爵夫人も病気で亡くなったそうで、ルヴァルトは、ヘーラー家でブリギットと兄妹のように育てられた時期もあるらしい。

「ありがとうございます。そう言えば、以前ドレスをいただいたんですけど……全部ぴったりだったんですよね。どうしてでしょう？」

その頃、ルヴァルトとはさほど親しい付き合いをしていたというわけでもないのに、どうして彼はエリーゼのサイズを知っていたのだろう。

その疑問を口にしたら、くすりと笑ったブリギットは教えてくれた。

「都中の仕立屋をあたって、あなたのドレスを仕立てた仕立屋に行きついただけの話。そこで全部教えてもらったらしいわ」

「まあ、そんな」

都にいったい何人の仕立屋がいるというのだろう。その全部をあたるって。

（……すごく……大切にしてもらってる、ってことなのかしら……）

ルヴァルトのことを思うと、耳まで赤くなってしまう。

恋をしている、きっと。

自分には縁がない感情だと思っていたから、エリーゼの気分もふわふわほわほわしてしまうのだ。

自分が、彼の好意にふさわしい人間だとは思えないから不安になることもあるけれど。

だから、不意に不安がのしかかってくる。エリーゼとルヴァルトでは釣り合わないことなんてわかっているのに、どうして彼はエリーゼにプロポーズしてくれたのだろう。

その疑問が顔に出てしまっていたみたいだ。

「そんな顔はしないの。いいこと？　ルヴァルトが結婚しようと思っているのはあなたなんだから、それ以上のことは考えないで」

エリーゼの髪にそっと触れるブリギットの手はとても優しい。今までずっと「長女」だったから、年上の女性にこんな風に甘やかされてしまうと、どうしても落ち着かない気分になってくる。

「これから、ルヴァルトに会いに行くのでしょう？　私もついていっていいかしら。クラウスがそっちに行ってるはずなのよね」

「もちろんです！」

せっかくなので、ブリギットも一緒にルヴァルトの屋敷を訪問することにした。ブリギットが仲良くしてくれるのが嬉しい。

今日はルヴァルトもクラウスも仕事は休みなのだが、ルヴァルトの屋敷で持ち帰りの仕事をしているそうだ。

それが終わるであろう時間を見計らって、ブリギットと一緒にルヴァルトの屋敷に向かう。

「こんにちは、クラウス様」

「やあ、エリーゼ。お邪魔してるよ——ルヴァルトと二人の方がよかった？」

「いえ、そんなこと……ない、です……」

ルヴァルトと二人きり、と考えただけで耳まで熱くなるのはどうにかならないんだろうか。

（……でも）

テーブルには、お茶の準備がされていた。あとは、ルヴァルトが命じれば、いつでも始めることができる。

三段のケーキトレイには、サンドイッチが三種類。一口サイズのプチケーキ、それからスコーン。クッキーは、種類ごとに別々のお皿に用意されて、テーブルのあちこちに配置されている。

席に用意されているカップは、皇帝の御用達《ごようたし》工房で焼かれたもの。スプーンや、ミルクポット、シュガーケースなどはすべて銀製で、ぴかぴかに磨かれている。

（……すごく、贅沢だわ）

もちろん、エリーゼの家でも午後のティータイムくらいは楽しむが、こんなにも様々な種類の料理が一度にテーブル上に並んだことはない。

緊張してもじもじしているのはエリーゼだけで、三人ともこの空間にとてもなじんでいるみたいに見えた。

「――でも、エリーゼが結婚を受け入れてくれてよかったね。君、断られたら、倒れそうな勢いだったし」

「うるさい――あまり言うな」

クラウスにからかわれて、ルヴァルトが耳まで赤くなった。

（……本当に、そこまで思ってくださったの？）

まだ現実のものとして認識できていないけれど、ルヴァルトがそう思ってくれているのなら嬉しい。

本当に、ルヴァルトと結婚するなんて、信じられなかった。この幸せは逃したらだめなんだ、きっと。

そう思う反面、ちらりとエリーゼの心には不安がよぎる。

どうして、ルヴァルトはエリーゼに求婚してくれたんだろう。共通するところなんて、何一つないのに。

エリーゼは信じられなくて頭がふわふわしているし、両親だっていまだにうろたえている。心の奥の方から立ち込めてくる不安は、頭を振って押しやった。考えてはだめだ。考えてしまったら、今の幸せもきっとどこかに行ってしまう。

（……やっぱり、素敵よねぇ……）

エリーゼは、主の席に座っているルヴァルトの方をちらりと目で見る。

額に落ちかかる前髪は、なんとも言えない色香を醸《かも》し出しているし、普段は鋭いのにエリーゼを見る時だけふっと柔らかくなる目も素敵だ。

鼻の形は文句なしに整っているし——その下の唇は。

（……って！）

そうだ唇だ。唇と言えばキスだ。

ルヴァルトはいつだって礼儀正しくて、エリーゼの手を握る以上のことは——まあ、腕の中に抱え込まれてぎゅうぎゅうされたことはあるが——していない。

婚約している以上、いつかはキスするわけで。いつになるのか、それは、エリーゼにはわからないがいつかは絶対するわけだ。

（……って、どうしよう、わぁ！）

ルヴァルトとキスすると思っただけで、頭がふわふわする。と言うか、心臓がますます暴走してくるので、うまく呼吸できなくなってくる。

「——どうかしたのか？」

心配そうに、ルヴァルトが顔をのぞき込んでくる。それにはぶんぶんと首を横に振った。

言えない、言えるはずなんてない。

この人と、キスしたらどうなるんだろうって妄想してた——なんて当の本人を目の前にして言えるはずなんてない。

それに、ここには新しい友人で憧れの存在であるブリギットも、ルヴァルトの友人であるクラウスも一緒にいるのに。

何か話したら、口から心臓が飛び出してしまうような気がしてならない。

「さて、いつまでもお邪魔していては邪魔よ。帰るわよ、クラウス」

「邪魔よって、僕をここによこしたのは君だと思うんだけどね？　せっかくの休みだったのに、ルヴァルトの仕事を手伝ってやれって」

「気にしない、気にしない！」

「少しは気にした方がいいんじゃ」

「いいから、さっさと帰るわよ！」

クラウスとブリギットも長年の付き合いなので、息がぴったりあっているみたいだ。

クラウスはブリギットに引きずられるようにして帰っていった。

二人を見送った間に、ティールームはさっと片付けられている。

日当たりがよくて、居心地のいい部屋のソファ。そこにルヴァルトはエリーゼを連れて行った。

「どうした？　今日は、元気がなかった気がする――エリーゼの元気がないと、気になってしかたない」

「ああっ、そんなんじゃないんです、ごめんなさい」

まさか、自分のことをそこまで気にかけてもらっているとは思わなかった。先ほどのお茶の時間、あんまりな態度だったことに気が付いて、申し訳なくなる。

「ええと……ですね、ああ、どうしよう、なんて言ったらいいんでしょう」

顔を上げることができなくて。耳が熱くなって。頭もくらくらしてきて――。

膝の上に置いた自分の手をじっと見つめてたら、ルヴァルトが顔をのぞき込んできた。

「――まさか、結婚が嫌になったとか？　そう思われてもしかたないっ！　……だが、ここまで来たらやめてはやれない――俺は、いったい、どうしたら」

「いえ、そうじゃないんです」

エリーゼは慌てて顔を上げた。すぐそこにルヴァルトの顔がある。

こちらを見下ろす彼の表情は、本当にエリーゼのことを心配しているようで――。

「あの、ルヴァルト様……す、素敵だなって思って……ごめんなさい、すみませんっ！」

ぼーっとルヴァルトを見てて、おしゃべりに参加できなかった、なんてあまりよくないのはわかっている。

エリーゼが真っ赤になっていたら、ルヴァルトも顔を赤くしていた。

「そ、それは——俺のことを好きでいてくれると思っても？」

どうしよう、言葉にできない。

涙がじわりと浮かんで、首をがくがくと縦に動かす。だって、好きなものは好きなのだ。しかたない——。

「エリーゼ」

耳をうつルヴァルトの声が不意に優しさを増したような気がした。わかってる、釣り合わないのに、こんなにも彼のことを好きになってる。

顎に手がかけられた。そうしておいて、ルヴァルトはそっとエリーゼの顔を持ち上げる。

「あの、私」

どうしよう、頭がいっぱいだ。何もできない。言葉が出ない。

ルヴァルトの目が、まっすぐにエリーゼの目を見つめている。彼の瞳に映っている自分の顔が、いつになく浮ついているのも見えてしまった。

「エリーゼ」

もう一度、ルヴァルトがエリーゼの名前を呼ぶ。ぐっと彼の方へと引き寄せられたかと思ったら、ふわりと唇が重ねられた。

一瞬だけ、触れて離れたその感触に頭の中がくらりとする。ますます強く唇が押し付けられて、エリーゼは小さく声を上げた。

「……あっ」

抱きしめられた腕の力強さに、今までよりもっと彼のことを好きになっているのを実感した。

第三章　今、あなたのものになりたいの

結婚式当日まではあっという間だった。

「……来年は、私の番だからね！」

次女のウルスラがエリーゼのウエディングドレスをうっとりと撫でた。

ブリギットいわく、ルヴァルトは全力で仕立屋を脅《おど》したらしい。

さすがにそれは冗談だろうけれど、本来の半分の時間で仕立て上げたのだというから、ある程度は料金割増しで払うとかなんとかあったのだろう。

（レースに……埋もれてしまいそう……！）

小柄なエリーゼには、すらりとしたドレスより、愛らしさを強調してふわりとしたドレスの方がいいというのは仕立屋とルヴァルト、それからエリーゼ本人も含めて満場一致で決定した。

でも、いくら何でもやりすぎだとは思う。

上半身はぴたりと身体にあうように仕立ててあるドレスは、スカート部分は布を幾重に

も重ね、パニエを着用してふわりとさせる。

一番上に重ねたのはチュールレースだが、大量の真珠《しんじゅ》が縫い留められていて、見た目の軽やかさとは逆に身に着けるとずっしりとしていた。

さらに、身体にあうように仕立てられている上半身にもレースで繊細《せんさい》な飾りが施されていて、ポイントポイントに真珠が縫い留められている。

「……本当に、私おかしくない？」

ベールだってとても長い。エリーゼを縦に四人並べたくらいの長さがあって、当然一人では歩くこともできないから踏んでしまわないかと不安になる。

そのベールを掲げる役を引き受けてくれたのは、ウルスラと三女のティナだ。エリーゼだけではなく、ルヴァルトは姉妹全員のドレス、両親の支度も完璧に調えてくれた。

ルヴァルトが用意してくれた色違いでおそろいのドレスに身を包み、ほんのりと化粧をした妹達は、とても可愛らしかった。

これなら、来年社交界デビューを控えているウルスラも、再来年かその次にデビュー予定のティナも、エリーゼみたいな惨めな思いはしないですむだろう。

（本当、ルヴァルト様には感謝しなければいけないわ……！）

エリーゼは心臓に手を当てた。自分の心臓が規則正しい鼓動《こどう》を刻んでいることに安堵する。

（ルヴァルト様に、恥をかかせないようにしないと……ああでも、本当に今日が結婚式なのかしら）

どうして、こんなにも不安になるのかわからない。

お互い、デザインを決めるところまでは意見を出し合ったけれど、仮縫いは別々だったし、完成品を身に着けたところも見ていない。白い正装に身を包んだ彼は、絶対に素敵だろう。

（わかっているつもりだけど……愛されてるから、じゃないのよね、きっと）

とにかく誰でもいいから結婚しろと、ルヴァルトは皇帝陛下から結婚を急かされていたと婚約してから周囲の噂で知った。

だから、あの時——困っていたエリーゼに手を差し出してくれたんだろう。

でも、それでいいのだ。彼の気持ちがエリーゼになかったとしても、エリーゼがその分彼を想えばそれでいい。

彼のことを大好きになってしまったのだからしかたないではないか。

壁の前で惨めに立ち尽くしていたあの時、彼が差し出してくれた手。

きっと、その手を取った時からこうなることは決まっていた。

（好きな人の隣にいられるんだから、それ以上は望んではだめ）

それに、ルヴァルトはものすごくエリーゼを大事にしてくれるのだから、これ以上を願うのは間違っている。

「さて、そろそろ時間よね？　さあ、行きましょう」

わざとはしゃいだ声を上げて、エリーゼは立ち上がった。

ルヴァルトの足を引っ張るような真似だけはしないと決めたのだ。だから、今日もちゃんと乗り切ってみせる。

家から外に出ると、今日は目が痛くなるくらいの青空だった。白い雲がくっきりと浮かんでいる。

ドレスがあまりにも重くて、エリーゼがもたもたと馬車に乗り込むと、ついてきた妹二人が、たっぷりとしたドレスを全部馬車の中に押し込んでくれる。

教会に到着するまでに皺になってしまっては困るから、ドレスを押し込むのだって、注意を払わなければならない。

「緊張してきたわ。気持ち悪い……」

「お姉様が緊張してどうするのよ。今日の主役でしょうに」

それはわかっているのだが、喉がからからで、エリーゼは何度も唇を舐めた。

教会に到着すると、今度は妹達が先に降りて、エリーゼが降りるのに手を貸してくれる。

やっぱり、ドレスが重くてもたついた。

「――あっ！」

ひっくり返りそうになったところに、救いの手が差し伸べられる。

「……ありがとう、ござ――」

そこまで口にし、エリーゼはぽかんと口を開けてしまった。そこで待っていたのは、ルヴァルトだったからだ。

どうしよう――どこに目をやったら心臓を破裂させないですむのかわからない。

彼は、文句なしに素敵だった。

いつも、無造作に散らしてある髪は、今日はきちんとセットされている。そして、白い正装が彼の長身によく映えていた。

エリーゼのウエディングドレスには真珠が縫い付けられているけれど、彼の上着には金糸で刺繍が施されている。

そして、上着の要所要所には、エリーゼのドレスについているのと同じ産地から取り寄せた真珠が縫い留められていた。

「あぅ……このまま、もう……」

ルヴァルトは素敵だ。ルヴァルトはかっこいい。そして、彼の隣に立つことを許された。ここまで来たら、もういつ死んでも悔いはないかもしれない。

「し、死ぬな、死なれては困る！」

うっかり心の声が駄々洩《だだも》れになっていたらしくて、ルヴァルトが焦った声を上げた。

「そ、そうですよね。今はまだ困りますよね！」

えいと気合を入れなおし、今度こそきちんと自分の足で立つ。

顔の前にベールを下ろしてはいるけれど、ルヴァルトがほっとしたような表情になったのはよくわかった。

（……ルヴァルト様は、お優しいから）

エリーゼにどれだけ高価なドレスを着せたところで、せいぜい中の上。

それなのに、彼はこんなにも蕩けそうな目でエリーゼを見つめている。結婚を申し込んでくれたきっかけが、単なる同情でしかなかったにしても、こんな目で彼に見てもらえるのならそれで十分だ。

今日、この人に嫁ぐ。これから先、どんな人生を歩むことになるのだろう。

彼の黒い瞳に、エリーゼの姿が映っているのが、薄い布地を通して見えた。他の人達には、最高に幸せな花嫁に見えているんだろうか。

じーっと見つめあっていたら、エリーゼの背後からごほんと咳払いが聞こえてきた。

「いつまでも、そこで見つめあっていても、式は始まらないんだけど……ルヴァルト、君、状況を理解してる？」

クラウスが、ルヴァルトの背中を叩く。ブリギットは、曲がったベールを直してくれる。

彼女は、明るいグリーンのドレスを選んでいた。

今日の天気にもよくあったさわやかさだし、年齢より上、妖艶に見えがちな彼女の容姿を可愛らしく見せるのにも成功している。

「エリーゼが可愛いからって、そこで固まっていられると困るのよね」

この二人にも、今日までの間うんとお世話になった。クラウスはエリーゼにお菓子の差し入れをしてくれたり、ルヴァルトとの時間を作れるように彼の仕事を調整してくれたりした。ブリギットは公爵家のしきたりについて、時間を割いて教えてくれた。

二人にお礼の言葉を述べようとしたら、ルヴァルトはぐっとエリーゼを引き寄せた。

「すまない、時間がなかった。このまま、結婚式を執り行うぞ」

「え？　あのっ」

ぐっと引き寄せられたかと思ったら、そのままルヴァルトはエリーゼを抱えあげた。横抱きにされて、エリーゼは悲鳴を上げそうになる。

こんなの、予定に入っていなかった。

予定では、エリーゼは彼と腕を組んで進み、そのまま司祭様の前で誓いの言葉を述べるのではなかったのか。

「私達の出番はー！」

後ろから妹達の声が追いかけてくる。それにもかまわず、ずんずんとルヴァルトは教会の中へと突き進む。

「どうするのさ、あれ……ブリギット、君どうにかできない？」

エリーゼがおそるおそるルヴァルトの肩越しに後ろの様子をうかがうと、クラウスがやれやれとため息をついていた。そして、その横でブリギットは妹達を教会の中へと押しやろうとしている。

周囲に目をやり、エリーゼは教会に多数の人が集まっているのに気が付いた。

ルヴァルトは皇帝の従兄弟というだけではなく、リーデルシュタイン公爵で、さらに軍の最高位を預かっている。

そんな彼の結婚式だから、国内の主だった貴族は皆招待されていた。今、エリーゼのいる位置からは見えないけれど、前方には皇帝陛下と皇妃陛下もいるはずで。

そんな中でのこの騒動に、冷や汗が垂れるような気がした。

（ルヴァルト様、お願い、気が付いて――！）

「こうなったら、しかたないわ。あなた達はあなた達で入場しましょう――まったく、式の手順を無視する花婿ってどういうことかしらね！」

その間もずっと妹達がもじもじしているのを見たブリギットは、大きく息をついた。右手と左手をそれぞれ妹達とつなぎ、そのまま悠然と歩き始める。

（うわぁ、堂々としてる……）

ブリギットが堂々と、そろいのドレスを身に着けた二人を導いてくるのだから、きっと参列者の目には、最初からこうやって入ってくると決められていたと見えるだろう。

というか、それを期待したい。

ルヴァルトはその間もずんずん進んでいて、あっという間に教会の最前まで到着してしまう。床の上に下ろされ、エリーゼはまっすぐに前を向く。

ステンドグラスからは、今日を祝福するみたいなきらきらとした光が降り注いでいた。

「……ドレスとベールを直してあげて」

ブリギットの声が聞こえ、横目でちらりと声の方を追ったら、彼女はあいかわらず堂々とした足取りで、もともと用意されていた自分の席へと歩いていくところだった。

最初からこうするように決められていたみたいに見えて、エリーゼは安堵した。

背後では妹達が動き回り、ドレスとベールを最高に美しく見えるように、広げて形を整えてくれている。

「すまない。緊張のあまり、手順を忘れた」

「い、いえ……それは、いいんですけど」

予定と違う入場になってしまったのはともかくとして、ルヴァルトに抱き上げられて進んでいる間、今までの不幸が一気に解消されたような気がした。

運ばれている間早鐘を打ち続けていた鼓動は今になってもまったくおさまらないから、もうどうしようもないんだと思う。

後ろの方でひそひそと妹達がささやきあうのは、聞かなかったことにした。

幸せなんだから、いいじゃないか。

それから、厳かに儀式は始まったけれど、エリーゼの頭の中はルヴァルトのことでいっぱいだった。

司祭が挙式開始の言葉を告げるのも、耳を素通りしていく。ただ、隣に立つルヴァルトの存在を痛いほどに意識していた。

愛されているわけじゃない。でも、この人を好きになってしまった。エリーゼのことを愛してくれなくてもいい。ただ、彼の側にいられるのなら。

「その健やかなる時も病める時も――」

はっと気が付いた時には、先にルヴァルトが永遠の愛を誓い、エリーゼが誓う番が近づいていた。

「――その命ある限り、真心を尽くすことを誓いますか」

「はい、誓います」

言われるままの台詞《せりふ》を繰り返したけれど、彼に永遠の愛を誓いたいという気持ちに嘘はない。

ルヴァルトが、そっとエリーゼの手を取って指輪をはめてくれた。

結婚指輪として選んだのは、代々彼の家に伝わってきた指輪だったが、エリーゼの手には大きすぎたし、ルヴァルトの手には小さすぎた。

そんなわけで、石を台座から外し、台座を溶かして、新しく作りなおしたのだ。

デザインは昔のままで特に変えていないから、今から見ると少々古い雰囲気だ。

でも、その雰囲気が彼の家の歴史の長さを物語っているみたいで――このままこれを二人の子供にも伝えていけたら素敵だ。

「……ふふっ」

式の最中だというのに、指輪をはめてもらったら、込み上げてくる喜びを抑えることができなくなった。思わず笑みをこぼしたら、彼もにこりとしてくれる。

指輪をはめて、じーっと見つめあっていると、こほんと司祭様が咳払いをした。

「結婚証明書にサインをしてください」

先にサインしたルヴァルトの字はとても形が整っているだけではなくて、インクが黒々としていて力強い。その隣に、小さなエリーゼの字が並ぶ。

「――それでは、誓いの口づけを」

そうか、ここでキスをするのか。忘れていたわけではないけれど、すっかり頭から消し飛んでいた。

ルヴァルトとキスをしたのは、一度だけ。それも、一瞬だけだったので、今となっては夢のような気さえしている。

（目を閉じる、目を閉じる……！）

彼の手によって、今までずっと視界を覆っていたベールが上げられた。彼の顔を真正面から見つめ続けていたことに気が付き、慌てて目を閉じる。

目を閉じたら、自分の心臓の音が、やけにうるさく響いてきた。この音、教会中に響き渡っているのではないだろうか。

ずっと待ち構えていたら、両肩にそっと手が乗せられて、ふっと唇が触れた。とたん、エリーゼは大きく息を吸い込んだ。

キス、した。皆の前で誓いの口づけをしてしまった。もう、引き返すことはできない――引き返す気もないが。

（……ん？）

けれど、数秒後、エリーゼは気が付いた。

長い。いくらなんでも長いんじゃないだろうか。

もう三十秒くらい口をくっつけたままな気がする。それはいくらなんでもどうなんだろう。

「……お二人の気持ちは、神にも伝わったことと思いますよ」

そっと司祭様が声をかけてくれる。

「……ひゃっ」

上げかけた声を懸命に呑み込んだ。しんとしている教会中に声が響いてしまったが、誰もつっこまなかったのでよしとする。

ぎくしゃくとした動作で顔を離したルヴァルトは、大きく息をついた。

「……天国に行くかと思った」

「それは、まだ早いんじゃないでしょうか」

なんだかルヴァルトの方も、さきほどの言葉の通り緊張しているみたいだ。いつもの彼とはなんとなく違うし、そわそわしているように見える。

どこからともなく沸き起こった拍手に見送られ、二人並んで教会を出る。出たところで、集まった人達から祝福の言葉を受けていたら、ブリギットがやってきた。

「ブリギット様、お約束の……これ、持って行ってください」

「うふ、これで、私が次の花嫁ね！」

エリーゼからブリギットにブーケが手渡される。受け取ったブーケにブリギットがキスをすると、どこからともなくまた拍手が沸き起こった。

ブリギットが喜んでくれてよかった。新しい友人が喜んでくれると、エリーゼの幸せがますます膨れ上がるみたいだ。

結婚式が終わったあとは、公爵家の馬車で公爵邸まで移動する。ルヴァルトが用意していたのは、屋根のないオープン形式の馬車だった。

「公爵様！　おめでとうございます！」

「お幸せに！」

　ゆっくりと馬車で移動している間にも、次から次へと祝福の言葉が浴びせられる。ここでもまた、集まった人達は二人を見て手を振ってくれた。

「すごく、見られてる気がします……！」

　頬をゆっくりと撫でる風に、エリーゼの頭につけられたベールがひらひらと揺れる。見慣れた景色なのに、気分が上向いているからか、やけに輝いて見える。

「エリーゼを見せびらかしたいんだ。俺の花嫁は、こんなに、可愛いと全世界に広めなければ！」

「そういうこと言うと、本気にしちゃいますよ」

　馬車の中、エリーゼの手にはしっかりとルヴァルトの手が重ねられている。町の人達が声をかけてくれるのには、握られていない方の手を振ってこたえた。

「俺は、いつだって本気だぞ。エリーゼは、可愛い」

　彼が、真面目な声で言うから、ぽっと顔が赤くなる。

（いやね、私ってば。ルヴァルト様は……まあ、たしかに可愛いと思ってくださってるのかもしれないけど）

　彼のいう『可愛い』は目新しい愛玩動物に対するそれだったとしても嬉しい。彼にとっ

だけだった。

て、ただのお世辞でしかなかったとしても嬉しい。やっぱりエリーゼは単純なんだろう。

公爵邸に呼ばれたのは、彼の親戚とエリーゼの親戚、それからごく親しくしている友人だけだった。

ルヴァルトの近い親戚は、従兄弟である皇帝と皇妃。さらに、皇太后。従姉妹のブリギットくらいのものだ。それから友人であるクラウスと、その他の友人や親戚が何人か。

エリーゼの方は、両親と妹達。それから叔父夫妻や従姉妹達。公爵家当主の結婚式としては、集まった人数は少なかった。けれど、皆、今日の日を心から祝福してくれている。

皆が集まったのは、公爵邸の大広間だった。そこかしこに花が飾られ、軽くつまめる料理が並べられているが、まだ誰も手をつけてはいなかった。

「俺のエリーゼだ。俺の大切な妻だ」

「エリーゼです……よろしくお願いします」

ルヴァルトは、集まっている人達全員とエリーゼを引き合わせてくれた。これから、彼の大切な妻になるのだと言って。

大切な、妻。その言葉を何度も何度も頭の中で繰り返す。

(妻……そうよね、妻よね……)

改めて言葉にしたら、ぽっと頬が熱くなった。一通り挨拶を終えると、飲み物が勧められ、集まってくれた人達は広間のあちこちに散って歓談を始めた。

あちこちに人の輪が出来上がってはいるけれど、どこに入ったらいいのかよくわからない。ぼーっと見ていたら、クラウスがすっと近づいてくる。

「今日のルヴァルトは、舞い上がっているね」

「舞い上がってます？　そうですよね、忙しいですもんね」

今、ルヴァルトは皇帝夫妻につかまっていた。向こう側から皇帝がエリーゼに微笑みを向けてくれる。これからは、皇帝とも顔を合わせる機会が増えるのだろうか。

「そういう意味じゃ、ないんだけど」

クラウスがそう言った時、皇帝がエリーゼを手招きする。エリーゼがそちらに向かおうとした時、脇から入り込んできたのはブリギットだった。

「ほら、クラウス——エリーゼに話しかけて、ルヴァルトににらまれたいの？　彼、大事な若奥様に、他の男を寄せ付けたくないんだから、ダメダメ。私と飲みましょうよ」

「そういうけどね、ブリギット！　君だって——」

「聞こえないわぁ。ここのワイン蔵のワイン、飲み干してもいいって、主から許可をもらったのよ。じゃんじゃん飲まないと！」

ブリギットはクラウスを引きずるようにして行ってしまった。ワイン蔵を空にするって本気だろうか。

たしかに、この屋敷のワイン蔵にはいいワインがたくさん貯蔵されているとは聞いている。けれど、エリーゼはあまりお酒が強くないので、気にしていなかった。

(今後も、ブリギット様とクラウス様が来るのなら、たくさんおいしいワインを用意しないといけないわね)

このあたりのことは、おいおい相談していったらいいだろう。

理由はなんであれ、ルヴァルトがエリーゼと結婚してくれたのだから、少しくらいは役に立たなくては。

それから場所を変えて晩餐会《ばんさんかい》が行われ、その後は集まった人達でダンスパーティーだ。

ルヴァルトはいつものようにエリーゼを離そうとはせず、夜明け間近になってようやく寝室に引き上げることになった。

(……疲れた)

部屋に戻ってエリーゼはようやく息をつくことを許された。

昨日の朝からずっと動きっぱなしだったから、正直疲れた。だが、疲れたなんて言っている場合ではない。これから初夜が控えているのだから。

屋敷で働いているメイド達にすぽんとドレスを脱がされ、そのまま、浴室へと連れ込まれた。

「これから初夜ですからね。気合を入れて磨かせていただきます！」

「よ、よろしくお願いしますね……」

侍女に身体を洗われるというのはどうなんだろう。でも、もう睡魔《すいま》に負けそうで自分で洗うのは無理だった。

結局、浴槽《よくそう》の縁にもたれかかってうとうとしている間に、すべて綺麗に洗われた。

「もう少しですから、眠ってはいけません」

「あ……ああ、そうね。ごめんなさい……」

眠りこけて初夜が終わるなんてありえない！

シルクの薄い寝間着もまたレースとフリルが満載で、これを着て寝るのはためらわれるぐらい贅沢な品だった。いや、寝間着だからこれを着て外に出かけるわけにもいかないけれど。

「ふぁ……ん、行ってきます！」

浴槽でうとうとしただけで、完全に眠気が去ったわけではないけれど、いざ出陣だ。

侍女達の「行ってらっしゃいませ！」という言葉が、「ご武運を！」に聞こえてしまう。

（……そうよね、今夜が肝心なんだもの）

侍女達の言葉に気合を入れなおす。

エリーゼはシルクの寝間着の上にガウン、それからスリッパという格好で隣室に続く扉を開いた。

（……あ、もう来てる）

先ほどまで睡魔に襲われていたのに、そこにいるルヴァルトの顔を見たとたん、眠気はどこかへ行ってしまった。

エリーゼは後ろ手に扉を閉じ、そして一歩だけ踏み出した。緊張のあまり、喉《のど》がごくりと鳴る。

(……だって、そうよ。結婚したんだから……ええと、あとは全部お任せして)

今夜何があるのか、一応、母から教えられてはきたけれど、そんなの完全に頭から消えていた。

いつまでも扉に張り付いていてもしかたないし、とこわごわとルヴァルトの待つベッドに近づく。

そのベッドに用意されているのは、薄い水色で統一された寝具だった。

エリーゼが、水色、と言ったとたん、ルヴァルトは家に商人を呼びつけて寝具の用意をしてくれたらしい。

天蓋《てんがい》からつるされた垂れ布は、紺色だ。そこにキラキラとしたガラスビーズが縫い付けてあるのは、「そうしたら、星空を見ながら寝てるような気になるかもしれない」というエリーゼの言葉を反映してのもの。

そう、彼は、結婚生活を始めるにあたり、エリーゼの意思を最大限尊重してくれた。

エリーゼの意見で通らなかったことなんて、何一つなかった気がする。

「お……お待たせし――ひゃあっ！」

ベッドにもう一歩近づこうとしたとたん、エリーゼは毛足の長いカーペットに躓《つまず》いた。前のめりに倒れそうになったところを、ベッドから飛んできたルヴァルトがしっかりと抱きとめてくれる。

「ご……ご迷惑を、おかけして」

今日は、何度も彼に抱きとめられているみたいだ。身体が思うように動かないのは、初めてだった。

精いっぱい腕を回して、彼の身体に抱き着く。エリーゼ同様入浴をすませた彼の身体からは、エリーゼと同じ石鹸《せっけん》の香りがした。

「おそろいですね」

彼と同じ香りがするというだけで、幸せが膨れ上がってくる。

（……だって、こんなに好きなんだもの）

いつもは自分の鼓動だけを感じるけれど、今日はルヴァルトの鼓動も感じることができた。エリーゼの心臓と同じくらい、彼の心臓も鼓動が速まっている。

「――エリーゼは、目が離せないな。すぐ転びそうで、不安になる」

「慣れたら、大丈夫ですよ！　……でも、ルヴァルト様が側にいるのに……慣れない、から……」

この人が好きで。好きで――好きで、どうしようもなくて。

だけど、彼がエリーゼに求婚してくれたのは皇帝から結婚を急かされていただけのこと。

それなら、エリーゼは、どこまで彼に気持ちを押し付けてもいいんだろう？

その境界線を見極めることはまだできていない。

だから、えへっとごまかす様に笑って、ますます彼の胸に顔を押し付けた。

まだ、見極められていないけれど。だけど、エリーゼは彼のものだ。

「本当に、エリーゼは可愛いな」

小柄なエリーゼの身体を軽々と抱えあげて、彼はベッドへと運んでくれる。肌に触れるひんやりとしたシーツの感触が嬉しくて、またくすくすと笑った。

「なんとなく、恥ずかしいですね、こういうの……」

天井を見るように横たえられて、すぐそこにルヴァルトの顔がある。

今日まで幾度となく、彼とは顔を合わせてきたけれど、こんな風に二人きりで寝室にいるのは初めてだ。

これからどうなるのだろうという不安よりも、もっと彼に近づきたいという気持ちの方が強かった。

「ルヴァルト様……」

彼を見上げる自分の目が潤んでいるのがわかる。

「……んっ、あっ」

そっと彼の指が唇をなぞって、自分でも思いがけない声が上がる。どうしよう、と顔を赤くしていたら、額にキスを落とされた。

「――エリーゼに、負担をかけないように頑張る……が、負担をかけたら、俺を嚙んでもいい」

「か、嚙むって……？」

「こういう時、女性は多かれ少なかれ、負担がかかると医者に聞いた。特に俺は身体が大きいからな」

彼は言わなかったけれど、エリーゼの方もかなり小柄である。負担がかかる、というのは――まあ、しかたがないんだろう。

初めての時は痛いが、我慢しているうちに慣れると母が言っていた。

「だ、大丈夫です……たぶん」

何より、ルヴァルトと一緒にいられるのだから、多少の痛みくらい我慢してみせる。

「また、そう、可愛らしいことを言う！　もう、知らんぞ」

「ひゃいっ！」

急にがっと肩を摑まれて、変な声が上がった。けれど、その声を気にしている余裕はなかった。

ルヴァルトは性急に唇を重ねてきた。今までの優しいキスとは違って、貪るみたいに激しくぶつけてくる。

「ふ……は、ぁ」

ぎゅうぎゅうと押し付けられて、息が苦しい。空気を取り込もうと唇を開いたら、そこからぬるりと熱いものが入り込んできた。

「んぁっ、あっ……は、あぁ……」

くちゅりと水音がたって、自分の舌が搦《から》め取られたことを知る。表面を尖《とが》らせた舌の先でなぞられて、思わず彼の寝間着を摑んだ。

「ん――はっ、あぁ……」

ねっとりと舌を舐め上げられて、自分のものではないみたいな艶《つや》めいた声が漏れる。さらに舌を強く吸われて、身体全体が痺れるような気がした。

最初は驚いたけれど、すぐにキスには慣れた。彼の舌を追いかけて、自分からも舌を搦め合わせる。

唇を離されたかと思ったら、今度は上唇が彼の唇で挟まれた。唇越しに噛むみたいに刺激され、それから舌で輪郭をなぞられて、ますます深いキスがほしくなる。

エリーゼの方から唇を開いてねだるような声を上げたけれど、今度は下唇が挟み込まれた。

「やっ……んっ……はぁ……あぁ……」

下唇を震わされて、甘えるみたいな声が上がる。強く抱きしめられて、自分がとても小さな存在みたいに感じられた。

だけど、小さな存在に感じられる反面、とても大切にされているような、宝物になったような気もする。

「ルヴァルト様……あっ」

唇が離された隙にうっとりと彼の名前を呼んだら、ちゅっと鼻の頭にキスされた。

子供にするみたいな仕草に、鼻の頭に皺を寄せたけれど、エリーゼのその表情もルヴァルトにとっては、愛しさを増すだけのものみたいだった。

「とても小さくて、可愛くて――壊してしまいそうで心配だ」

「そんなに簡単に壊れません……んっ」

また唇が重ねられた。舌を触れ合わせながら、ルヴァルトは片方の手を滑らせていった。

首筋にかかった髪を払われて、思わずそちら側の肩が跳ね上がる。キスされるのは嬉しいけれど、お腹の奥の方がぞくぞくしてくるのはなんでだろう。

「は……ふっ……ん……あ、あっ」

胸の頂もなんだかずきずきし始めてきたし、腰のあたりには甘ったるい感覚が漂い始めている。身体がこんな風になってしまって、大丈夫なんだろうか。

「んぅっ――ん……ふぁっ……は、あぁぁ……」

大きな手が、すっぽりと胸のふくらみを包み込んだ。エリーゼの身体が小さい分、そこのふくらみもまあささやかなもので、ルヴァルトの大きな手では完全に覆った上にまだ余裕があるくらいだ。

「んっ、ん、んぁ……そこ、だめ……胸は、だめ……！」

柔らかく円を描くみたいに手が描く。そうされると、ますます腰のあたりが甘ったるく痺れてきて、思わずルヴァルトを押しのけようとした。

「これでいいんだ。ゆっくりいくから、俺に合わせて」

「だ、だって……あぁんっ！」

硬い手のひらが、ごりっと頂を刺激した。とたん、痺れるような感覚が走り抜けて、エリーゼは手足を跳ね上げる。

「……はぁっ……んぅ……ルヴァルト様……ん、んぁっ！」

今度は先端を押し込むようにされる。シーツの上で身体が跳ねたけれど、もう片方の手でしっかりと抱え込まれているので、逃げ出すことはできなかった。

この感覚を、どう呼んだらいいんだろう。手足の先まで、ぞくぞくする。それから、身体が痺れたみたいになる。

ゆっくりいくと言っていたけれど――なら、ゆっくりじゃなかったら、どうなるんだろう。

　頭の中でぐるぐる考えているうちに、ルヴァルトは耳に舌を這わせてきた。そんなところに触れられる機会なんてめったにあるはずもなく、くすぐったさと紙一重の得体のしれない感覚——エリーゼにも説明できない——その感覚を逃そうと肩が揺れる。

「耳は、だめっ！　……あぁっ！」

　じっとりと舌を這わされる。そうしている間にも、エリーゼを抱え込んでいない方の手は乳房を揺らし、押しつぶし、揉みしだきと忙しく動き回っていた。

　耳と胸。どちらも人に触れさせることなんてあるはずのない場所で、そこから送り込まれてくる感覚にエリーゼは混乱した。

「胸——だめ、あぁっ、み、耳も……だめぇっ！」

　だめ、と言葉では拒んでいるのに、口調はやけに甘ったるい。

「はぁん……あんっ、あぁ……あぁぁんっ！」

　今まで手のひら全体で揉むようにされていたのに、寝間着のシルクごと、先端をつまみ上げられた。とたん、走り抜けたぴりっとした喜悦にまたエリーゼは喘いでしまう。

　いや、と首を振って逃れようとしたけれど、ルヴァルトはエリーゼを逃したりしなかった。耳をなぶっていた舌が、今度は首筋に沿って這わされる。

　唾液に濡れた皮膚がひんやりとして、今度は泣きたいような気分に陥ってきた。

「あ、あぁ……あぁん、ん、あっ……あぁぁっ！」

エリーゼの混乱を知っているのかいないのか。首筋を唾液で濡らされ、息を吹きかけられて、また身体が跳ねた。

硬くなった胸の頂を指先で弾かれて、声が響く。

「やぁぁんっ……あぁんっ、あっ……ひっ——あぁぁんっ！」

きゅっと両手を握りしめたら、背中に回されていたルヴァルトの手が離された。彼の手が離れてしまうのを寂しいと思ったのは、ほんの一瞬のこと。

「あーっ！……だめ……ボタン、外さないで……！」

寝間着の前に並んだボタンにルヴァルトの手がかかる。上から下までぷちぷちと一気に外されて、今までシルクに包まれていた皮膚《ひふ》がひんやりとした部屋の空気に触れた。

思わず前をかき合わせようとしたら、その手がシーツの上に落とされる。

「エリーゼは可愛いな……だから、ここを隠すのはなしだ」

「あっ……でもっ……」

こんな風に自分の身体を人前に見せたことなんてない。ルヴァルトの前で恥ずかしさに身をよじろうとしたら、その動作を利用して、一気に両袖を抜かれてしまった。

「やぁんっ……だめ、見ては……だめ——！」

背は低いし、胸は小さいしで、自分の身体が女性的なものでないことくらいわかっている。心の準備も整っていないのに、一気に上半身を露わにされて急激に羞恥心《しゅうちしん》が押し寄せてくる。

「見ちゃ——だめ……あぁぁんっ！」

左右から胸を寄せ集めるようにして揉まれて、エリーゼは頭の方にずり上がって逃げようとした。だが、身体がシーツの上でもぞもぞしただけで、逃げることはできなかった。

「やっ、だめっ……ルヴァルト様……あ、あぁぁんっ！」

手のひら全体を使って揉むようにされながら、両手の人差し指で同時に頂を刺激される。とたん、けたたましいくらいの声が上がった。

体温が、急激に上昇したみたいで、頭がくらくらする。エリーゼの反応に気をよくしたのか、ルヴァルトは何度も同じように、頂を刺激してきた。

「ほら、ここがもうこんなに硬くなってる。俺に弄《いじ》られて、気持ちよくなってるんだろう？」

「やっ……知らない……あ、あんっ！」

反抗的な声を上げたら、おしおきのようにきゅっと中に押し込まれた。また、鋭い愉悦が走って手足がばたつく。

触れられているのは、胸なのに、どうしてお腹のあたりがじくじくするんだろう。こらえきれない声を殺そうと手で口を覆ったら、ぱっとその手を下に払い落とされた。

「──口を塞ぐのはなしだ。エリーゼの声を、俺に聞かせろ」

この人が、こんなにも高圧的にエリーゼに命じたことがあっただろうか。ぼうっとした頭では、思い出すことができない。

頭の中が真っ白で、ただ、彼の手に翻弄されるだけ。

「ひあっ──やだ、舐めないでっ！」

さっきまでは宝物みたいに扱われていたのに、今は肉食獣にとらわれた獲物みたいだ。ルヴァルトの舌が、エリーゼの胸をちゅうっと吸い上げる。

濡れた舌の感触。温かい口内。

それと同時に、もう片方の胸はずっと指で刺激されていて、エリーゼの頭の中は、快感でいっぱいになる。

「んんっ……んっ、んぁっ！」

胸から離れた手が、脇腹に沿ってゆっくりと下の方に降りてくる。それからまた上へと思わせぶりに戻っていって、エリーゼは身体をくねらせた。

体中が熱くて、どうにかなってしまいそうだ。なんとかしてほしいと訴えかけるけれど、ルヴァルトの耳には届いていないようだった。

「あ、あぁ──足、やだ、動く、の……！」

ルヴァルトが触れるたびに、つま先がシーツをかき乱す。どうして、じっとしていられないんだろう。半分、泣き出しそうな声で言えば、ルヴァルトは最後の仕上げとばかりに、硬くなった胸の先端を舌先で押し込んできた。

「あぁぁっ！」

同時に、もう片方の頂をしごくように指でつままれて、一気にすさまじい快感が背筋を走り抜けていく。身体全体が思うようにならなくて、エリーゼはなおも泣くような声を上げた。

「足が動くのもいい。我慢なんかするな——そうじゃないと、どこまでエリーゼが感じてくれているのかわからない」

「だって、あ、あぁっ！」

腿の外側を撫でられて、また甘えた声が上がった。

こんな風に感じるなんて——本当に、これが夫婦の営みなんだろうか。身体は、与えられる快感を貪欲《どんよく》に欲していて、自分が自分でなくなってしまいそうで怖い。

「——まあ、感じてくれているかわかる方法は他にもあるんだけどな」

「やあっ、そこはだめ——！」

腰のあたりにまとわりついている寝間着が一気に捲《まく》り上げられた。その下に着けていたドロワーズが、彼の目の前にさらされる。どうしようもないくらいに羞恥心が押し寄せてきた。

「やだ、見ちゃだめ――だめ、なんです……！」

慌てて膝を擦り合わせようとするが、それより先にルヴァルトの肩が割り込んでいた。

「あっ、ぁあっ！」

すっと足の間をなぞられる。とたん、今までより鋭い快感が、エリーゼの身体を痺れさせた。

「ああ、濡れているな」

「そんなこと……言わないで……！」

ルヴァルトだから、すべてを捧げてもいい。その気持ちに嘘はないが、彼にすべてを見せるのは恥ずかしい。

けれど、もう一度なぞられて、たしかにくちゅりという水音を耳がとらえた。足の間が、どうしようもなくうずうずしていて、どうして、こんな風になってしまうのかさっぱりわからない。

「あっ……あ――！」

また、ルヴァルトがその場所をつついた。そうしておいて、彼はまたエリーゼの上半身へと狙いを定める。

片方の手は足の間に潜り込み、下着の上から濡れた花弁の間をなぞっている。もう片方の手は、乳房をつついたり揉んだり、先端を押し込んだり。それから、唇はもう片方の胸に押し付けられていて、柔らかなふくらみを吸い上げたり、先端に軽く歯を立てたりされた。

「はぁんっ……んっ……あっ……ん、あぁっ！」

どうしてだろう。

恥ずかしいのに、身体はどんどん貪欲になっていく。無意識のうちに腰を突き上げるようにして、少しでもより強い快感を得られる場所にルヴァルトの手を導こうとしていた。

「ん――ん、く……あぁっ！」

布ごと濡れた花弁の間をなぞる指の動きが速さを増す。それと同時に、もっと強い快感を得られる場所があるのではないかと無意識のうちに思い始めていた。

日頃は自分でもほとんど存在を意識していない小さな器官。秘められた花弁の間にあるそれが、なぜかじりじりとしてきて、存在感をいつになく主張し始めている。

「あぁ……わ、私……どうしたら……あ、あぁぁんっ！」

指の根元が、敏感な芽をかすめた。また、声が上がって、それとは反対に身体からは力が抜ける。

小刻みに身体が震え始めて、エリーゼ自身にもどうしたらいいのかわからなくなった。

もっと、もっと深い悦楽がほしいのに。

「ルヴァルトさ、まぁ……私……あ、んっ！」

どうにかしてほしい。懸命にそれを訴えかけようとしたけれど、ルヴァルトには届いていないみたいだった。

それなのに、彼は的確にエリーゼの願いをかなえてくれた。ドロワーズを留めていた紐がしゅるりと解かれ、足先から下着が抜き取られる。

上半身は腰まで押し下げられ、下半身は捲り上げられて、腰にまとわりついているだけで、先ほどからなんの役にも立っていなかった寝間着も下着に続いて放り出された。

エリーゼの身体を隠してくれるものは、もう何も残ってはいない。

「……私」

思わず両腕を胸の前で交差させて、ささやかなふくらみを隠そうとした。

「──怖くないか。寒くないか？」

「いえ、寒くはないです」

先ほどから体温は上がりっぱなしで、寒いというより暑いくらいだ。

(こんな顔も、するのね……)

今まで見たことがないくらい、彼は甘い表情をしていた。まるで蕩けてしまいそうな。

その表情を見た時、やっぱり好きだな──と思う。今、自分がどんな表情をしているのかはわからないけれど、同じくらい蕩けそうな表情をしていればいい。

「寒くないのなら──この手は、こうした方がいい」

「あっ！」

胸の前で交差させていた手が、シーツに縫い留められた。ルヴァルトは両手でエリーゼの手を押さえつけたまま、あちこちにキスを落としてくる。

「あぁぁっ、あっ……ん――やっ、あぁぁんっ！」

唇で触れられるたびに、それから軽く吸い上げられるたびに、エリーゼの口からは甘い声が零れた。身体をくねらせても、両手をしっかりシーツに押さえつけられているから逃げることなんてできない。

脇腹を舌で舐められて、下肢の奥の方が蕩けそうになる。身体をびくびくさせると、シーツに押さえつけられていた手が解放された。

「――あ、だめぇっ！」

両膝に手をかけられて、そのまま大きく開かれる。

一番恥ずかしい場所に、彼の視線が注がれているのに気づいて、どうしようもない羞恥心に襲われた。逃げ出したい、でも――。

「……ルヴァルト、様……？」

じっとその場所を見られているだけなのに、どうしようもなくひくつくのがわかる。やだ、ともう一度声を上げようとした時――エリーゼは手足を跳ね上げた。

「あぁぁっ！」

信じられない。彼は、両腿の内側を手で押さえつけたかと思ったら、中心部に顔を押し付けてきた。熱い舌で濡れた花弁の間をかき分けられて、嬌声《きょうせい》を上げてしまう。

ぬめぬめとした舌が、敏感な芽を押しつぶす。そのとたん、目の前に光が走ったような気がした。

「あん、あぁぁんっ！」

こんな声が自分の口から出るなんて――と考える余裕も失われている。ころころと転がすように淫芽を刺激されて、一気に強い愉悦が押し寄せてきた。

背中をしならせたまま、身体全体が激しく震える。淫らな水音に身体全体が支配されたみたいだった。

「あぁぁんっ、あっ、あぁぁっ！」

天井に向くくらい顎を突き上げたまま、エリーゼは高い声を上げ続けた。ただ、本能に突き動かされるだけ。

舌でつつかれる。左右に転がされる。特に舌先で上下に揺さぶられた時が一番強い快感が送り込まれてくる。

与えられる快感の大きさに、泣くような声を上げることしかできなかった。

腰のあたりによどんでいた喜悦が、どんどん身体全体に広がってくる。

「あっ――来る、何か、来ちゃう……！」

自分が快感に押し流されていくのがわかるから怖い。両手は強くシーツを掴み、つま先はぴんと伸びていた。

「あー——あ、あぁぁっ！」

そして、ついにその瞬間はやってきた。勢いよく舌で淫芽を弾かれた時、体中を巡っていた快感が、一つところに集まって弾ける。

「あっ……あぁ……」

長く尾を引いた嬌声は、エリーゼがシーツに身体を沈めるまで続いた。身体を隠すことも思いつかないまま、ただ、乱れた息を整えようとする。

「ルヴァルト様……私……嫌いに……ならないで……？」

上目遣いに彼を見上げる。あまりにも強い悦楽にさらされたものだから、エリーゼの目は潤んでいた。

「き、嫌いになんかなるものか——だが、まだ終わってない。もう少しだけ頑張ってくれ」

「……はい」

今の感覚は、正直なところ怖かった。だが、ルヴァルトが求めてくれるのなら、もう少しだけ頑張ることができる。

今さらのように押しかけてきた羞恥心に、シーツを引き寄せようとすると、ルヴァルトは笑ってその手を押しとどめた。

そうしておいて、改めて膝の間に身体を割り込ませてくる。

「――今度は、中に指を入れる。指がなじんだら――次はいよいよ、だ」

「……はい」

これから先、何があるのかを説明されると、また羞恥心が押し寄せてくる。けれど、ルヴァルトに従うべきだと思った。

「――大丈夫、です」

たぶん、大丈夫。たぶん。

なんとも心もとない表現だったけれど、自分でもたぶんとしか思えないのだからしかたない。せめてもの意思表示に、少しだけ脚を開いてみる。

「――あんっ」

今度は指が、びしょぬれになった花弁に触れた。舌とは違う感覚に、また身体は勝手に震えてしまった。

「ん――はっ、んぅ」

ゆっくりと指が一本押し込まれてくる。今まで体内に異物を入れたことなんてなかったから、その感覚に眉間に皺が寄った。薄く唇を開いて呼吸をし、なんとかその感覚をやり過ごそうとする。指が引き抜かれ、また奥へと押し込まれてくる。

「一本でもきついな――これは、痛いか？」

エリーゼは、その問いには首を横に振った。

違和感はあるが、痛くはない。それに——快感、とまではとらえられなくても、不愉快な感覚だけではなかった。

「……そうか。では、遠慮なく」

「んっ……あっ、あぁあんっ」

隘路《あいろ》をゆっくり指が往復する。それに合わせるように、ルヴァルトは乳房に唇を寄せた。胸の先端、硬く尖った場所を舌で押しつぶされる。その柔らかな快感に、下肢の違和感は簡単にかき消された。

「はぁんっ……んっ、あっ！」

与えられる快感に、エリーゼの身体は勝手にくねる。そうしている間にも、蜜路《みつろ》を往復する指の動きは激しさを増していた。

指が先端近くまで引き抜かれるたびに、蜜液が滴り落ちる。自分の体内からあふれ出たものが、シーツを濡らしていることなんて、エリーゼは全然気づいていなかった。

最初のうちはゆっくりだった律動も、どんどん激しさを増してくる。胸の先端に軽く歯を立てられるのと同時に、奥をぐっと突き上げられて、嬌声が部屋の空気を震わせる。

「んっ……あっ、あっ……あっ、そこ——そこ、いやぁっ！」

ある個所を擦り上げられると、妙な感覚が襲いかかってくる。そこは嫌だと言ったのに、ルヴァルトは集中的にその場所を突き上げ始めた。

「やだっ……あぁぁん！　あん、はぁんっ！」

いつの間にかエリーゼも身体を動かし始めていて、嫌なはずなのにその場所に指を導こうとしてしまう。

と、指が引き抜かれ、今度は重圧感を増して押し入ってきた。

「二本、入った」

「言わない……言わない、で……あぁんっ！」

今の様子を口にされると、頭の中は快感でいっぱいのはずなのに羞恥心がまた押し寄せてくる。

中で細かく指を震わされ、手のひらで淫らな芽を擦り上げられる。そうしながらも空いている方の手で乳房がこね回され、身体のあちこちを唇でついばまれる。

あらゆるところから押し寄せてくる喜悦に、エリーゼはわけもわからずただ喘ぐだけ。

「やっ――も、う……あ、あぁんっ！」

きゅうっと蜜壁が指を食い占めて、楽しそうにルヴァルトが笑う。

「ほら、こうされると気持ちいいのだろう。もう一度、気持ちよくなってみようか」

「やぁんっ！」

しっかり閉じていたはずの膝も完全に開かれ、腰を突き上げて、むしろすべて彼の目の前に差し出しているみたいになっている。

恥ずかしいのに気持ちいい。もっと強い快感がほしい。

いつのまにこんなに淫らになってしまったんだろう——その答えは見つからなくて、より深く指を受け入れようと身体は勝手にくねってしまった。

「はっ……ん、あ、あぁぁんっ！」

また、ひときわ強く内部が収斂《しゅうれん》し、一人だけ勝手に快感を貪ってしまった。これで終わりではないことくらいきちんとわかっている。

「お願い、ルヴァルト様——もう、私……」

これ以上、一人だけ先にいくのは耐えられそうもない。エリーゼが両手を差し伸べると、ルヴァルトは自分の寝間着に手をかけた。

彼がボタンを一つずつ外していくその様子を、エリーゼはじっと見ていた。

よく鍛《きた》えられた筋肉質な身体。貧弱なエリーゼの身体とは全然違う。あちこちに傷があるのに気が付いた。

「ルヴァルト様、この傷は……？」

左脇腹から腰にかけてある大きな傷。その傷はあまりにも大きくて、エリーゼの手では隠すこともできなかった。

「ああ——これは、一昨年ドジを踏んだ。危うく死ぬところだった。三月ほど寝たきりだったかな」

「……そんな」

軽く聞いたことだったのに、思っていたよりはるかに大事で、エリーゼは言葉を失った。

だが、彼は気にした様子も見せない。

「そこから下は、見ない方がいいと思うぞ——あ、少なくとも、今は」

彼は寝間着のズボンも下着も脱いでしまっていたから、脇腹からさらに下の方に視線を移動させていけば、そこにあるのは——ルヴァルト自身、というわけで。

一瞬、視線を落としかけ、慌ててぎゅっと目を閉じる。

「つまりはそういうことだ。見ない方が少しは気が楽だと思う」

「どうぞ、お気遣いなく……！」

いよいよその時が来るのだ。緊張に身体が一瞬にしてこわばった。

脚が大きく開かれて、その中央に熱いものがあてがわれる。数度、花弁の間を往復したかと思ったら、「それ」は的確に狙いを定めてきた。

濡れた花弁が割り開かれ、灼熱《しゃくねつ》の塊《かたまり》がその間に押し入ってくる。エリーゼが思っていたよりずっとそれは熱くて大きかった。

「——あっ、つ、ぅ……」

たしかに、ルヴァルトとの体格差というのもあるのだろう。十分にならされてから、彼はつながってきたはずなのに、身体が避けそうなくらいに痛い。

「すまない――まだ、きつかったか」

「んんっ……大丈夫……だから」

口ではそう言うけれど、目からはぼろぼろと涙が溢れている。

嫌なわけではない。とにかく痛くて、生理的に涙が溢れてきてしまうのだ。

「だ、大丈夫だからって、かわいそうに――だめだ、今夜は――」

「やめないで！」

慌てて身を離そうとするルヴァルトを、エリーゼは懸命に引き留めた。

今夜、ここで引いてしまったら、もう彼を受け入れる勇気は持てない気がする。

「私を……ルヴァルト様のものにしてください……お願い」

懇願《こんがん》する声は、細くて、消えてしまいそうにエリーゼの耳にも聞こえた。

懸命に彼の腕を掴む手に力を込める。

「今、あなたのものになりたいの」

震える唇で懸命に訴えたら、彼ははっと息をついた。それから、申し訳なさそうに額にキスをしてくれて、エリーゼの両手を取る。

それぞれの手を、指を絡めるようにつながれて、そこから彼の気持ちが流れてくる気がした。エリーゼの気持ちも、同じように彼に伝わればいい。

「すぐに、すませる――少しだけ、我慢してくれ」

強く両手をつなげたまま、彼が腰を進めてくる。口でせわしない呼吸を繰り返して、エリーゼは痛みを押しやろうとした。

彼とつないでいる手にさらに力を込める。そうしていたら、きっと痛みを忘れることができる。

みしみしと狭い道が開かれていく。痛みを逃そうとしても、なかなかうまくいかなくて。

「う……ん、ぁ……はっ……」

苦痛の声を上げそうになるのを、懸命にこらえた。だって、ここで苦しいと告げてしまったら、今度こそ彼は途中でやめてしまう。

けれど、今はそれだけではなかった。少しずつ開かれていく。彼が深くまで押し入ってくる。

一番近くにいるのはエリーゼだけで。苦しいだけじゃなくて、そこにはちゃんと幸せもあった。

「ルヴァルト様――、好き」

好き、と告げるくらい許してほしい。彼の邪魔をしたいわけではないから。

この結婚の裏にある事情もちゃんとわかっている――だから。

「好き、です……」

苦痛の声の代わりに、彼が好きだと繰り返す。

想いを返してほしいなんて、贅沢は言わないから——寝室で、こうしている時だけは、気持ちを伝えることを許してほしい。

「——あぁぁっ！」

けれど、最後の難関を越える時には、やはり苦痛の声を響かせてしまった。

「エリーゼ、すまない。お前に痛い思いをさせるつもりは——だが、今はすべて終わったから」

「ほんと、ですか……？」

なんだか、体中が熱に浮かされたみたいだ。つないでいた手を解かれたら、彼の手が背中に回される。

「ほら、俺達は一つだ」

「……よかった」

痛かったし、つらかったし——それに、なんだか口にしてはいけなかったことまで口にしてしまったような気がする。

けれど、彼と一つになれて、今までにない幸せが一気に押し寄せてきた。

「……痛かった、けど……幸せ、です」

ちゃんと、初夜を乗り切ることができた。だから、幸せ。

痛みも完全に忘れてしまって、ふふっと小さく笑ったら、ルヴァルトは驚いたみたいに目を丸くした。

「もう、痛くないのか？」

「……それは、あの、痛いんですけど……でも、幸せだから……いい、です」

こわごわとエリーゼの方から手を伸ばして、ルヴァルトの髪に手を差し入れてみた。エリーゼの髪より彼の髪はずっと硬い。きっともう少し短くしていたら、つんつんと四方八方にはねてしまうんだろう。

「幸せ、です……ええと、それから……幸せ、なの」

なんて貧弱な語彙《ごい》しか持ち合わせていないのだろう。彼に告げたい思いは、もっといっぱいあったはずなのに。

「俺も――幸せ、だ。エリーゼがここにいてくれるから」

ここまで来たら、もう言葉なんていらないのかもしれない。

今までエリーゼの中でじっとしていたルヴァルトが、軽く身体を揺さぶってくる。

「あんっ！」

痛みより驚きの方が大きかった。響いた声が思いがけないくらい甘くて、また、身体を揺さぶられる。

「んっ……あっ、あっ……あぁぁあんっ！」

痛いというより、感じる一歩手前という不思議な感覚。エリーゼがあまり痛がっていないのを見て取って、ルヴァルトはゆっくりと腰を引いた。

「は、あぁっ……ん――あぁっ！」

じりじりと押し入ってこられたら、身体の奥の方に火がついたみたいになる。先ほどまでは痛かっただけなのに、自分の感覚がこんなにも早く変化するのにも驚かされた。

「――エリーゼ、俺は――」

身体に回されたルヴァルトの手に力がこもる。

奥を勢いよく突き上げられて、高い声が響いた。もう、痛くはない。ルヴァルトのくれる快感に溺れるだけ。

「あっ、あぁぁっ」

ずんっと最奥を刺激されるたびに、意識がすべて持って行かれそうになる。ただ、快感に翻弄されてルヴァルトにしがみついた。

つながっている場所から、すさまじい愉悦が押し寄せてくる。

「エリーゼ、このまま出すぞ――いいな」

「あっ、あああーっ！」

腰を掴む手に力が込められたかと思ったら、ルヴァルトはそのままガンガンと腰を打ち付けてきた。悲鳴みたいな声を上げるだけで、もう何もできそうにない。

今までより強い快感に身を震わせた時――ひときわ強く中が収斂した。最奥にたたきつけられるルヴァルトの想い。それを受け入れるエリーゼの気持ち。

そうだ、自分は幸せなのだ――そう、言葉にしたかったけれど、彼に伝わっているかどうかまではエリーゼにはわからなかった。

第四章　あなたの役に立ちたいのです

結婚してからエリーゼの生活は大きく変化した。

「もっ……限界……ですっ……！」

今朝も早くから彼はエリーゼを抱く。

さんざんじらされ、何度も絶頂まで導かれる。

結婚したからには、せっせとルヴァルトの身支度だって手伝ってあげたい。その思いはたしかにあるのだ。

けれど、ルヴァルトは毎晩毎晩それはもうじっくり熱心に丁寧にねっとりとエリーゼを抱いてくれる。一回ですむことはほとんどなく、ほぼ毎晩三回戦突入だ。そして、翌朝もこうやって求められることになってしまう。

「……あの、今日も起きられなくて、ごめんなさい……」

「気にするな……今日もエリーゼは可愛かった」

朝っぱらから大満足の艶々《つやつや》した笑みでエリーゼの額にキスしたルヴァルトは、軽やかな足取りで食堂へと下りていく。

こうやって、起き出していく彼をベッドでぐったりしながら見送るのがいつものことだった。今日も、メイド――フランカという名前でエリーゼ専属――に熱いコーヒーをベッドまで運んでもらい、コーヒーで目をしゃっきりさせてなんとか起床。

コルセットをつける必要のないゆったりとした部屋着に着替えてから、朝食の用意がされている食堂へと下りていく。

毎朝、この頃には、ルヴァルトが出仕する時間が迫ってしまう。それは今日も変わらなかった。

「ああ、よかった。間に合いました」

エリーゼがよろよろと食堂に入った時、ちょうど彼は朝食を終えて立ち上がったところだった。

「無理をする必要はなかったのに。さっきも、大変だっただろう」

「そ、そういうことを言っては……！」

たしかに昨夜も今朝も大変だったのだが、それを皆の前で言われるとだいぶ困ってしまう。だが、そんなエリーゼの様子にも、彼は笑っただけだった。

（……ルヴァルト様が、笑ってくださるのは好き、なんだけど）

毎朝こんな調子で大丈夫だろうか。

「お見送りくらいはしたいんです……私、何もできないから」

「そんなことはない。それより、今日はブリギットの屋敷でパーティーだ。夕方、早めに戻ってくるが大丈夫か」

大丈夫かなんて言ってるが、ルヴァルトはエリーゼの体力を削った張本人だ。

「大丈夫。ちゃんと準備しておきます」

ブリギットの開くパーティーならばどれだけ体力がなくなっていても、参加しないわけにはいかない。

ブリギットは、エリーゼを妹みたいに可愛がってくれる。ルヴァルトが出仕している間も、何度か屋敷に遊びに来てくれた。

「わかった。では行ってくる」

「行ってらっしゃいませ」

玄関ホールでルヴァルトを見送る。額にキスを落とされて、エリーゼは頬を緩ませた。

見送りをすませたあと、いつもなら午前中はそのままベッドに逆戻りなのだが、今日はそんなわけにもいかない。

「コーヒーをもう一杯飲んだら図書室に行くから準備しておいてくれる？　それから、二時間くらい後に軽食をお願い」

玄関ホールの端に控えているメイドのフランカに向かってエリーゼは言った。

「かしこまりました」

「あとは午後、入浴のあとマッサージをしてほしいの。それから、今日のドレスはあとで選ぶから……私、間違ってないわよね？」

「問題ございません」

なにせ、急な結婚だったし、公爵家に嫁ぐにあたり必要な勉強をする時間もあまりなかった。そのため、ルヴァルトが「わからないことは、なんでも聞くといい」と言ってつけてくれたフランカに確認を取るようにしている。

「奥様……そう心配なさらずに。奥様は大変よく務めておいでです」

「奥様……そうよね、私、奥様よね……！」

フランカに言われて、自分が『奥様』であることを改めて実感させられる。ぽんっと顔に火がついたけれど、彼女はそれを気にした様子は見せなかった。

なにせ、結婚してからほぼ毎日、同じようなやりとりをしているのである。いちいち気にするだけばかばかしいってことなんだろう。

「じゃあ、お願いね。今日はお客様の予定はないし、支度の時間まで図書室で過ごすわ」

図書室の一角にエリーゼのための場所が用意されている。

食堂でもう一杯コーヒーを飲んでからエリーゼが図書室に入った時には、もう机の上にすべて用意されていた。

書き物をするのに適した広い机は、使っていない部屋から運んでもらったものだ。そこに山のように積み上げられているのは、公爵家の交友に関する記録だ。

なにせ、ルヴァルトは現在の皇帝陛下の従兄弟、さらには公爵家当主で将軍という地位にいるので、交際範囲も広い。

パーティーに呼ぶべき人、季節の手紙のやりとりだけですませていい人、それにお茶会や、記念行事に呼ぶべき人など、一応把握《はあく》しておく必要がある。結婚式の時に少人数だけを招待したのは例外中の例外、公爵家に慣れていないエリーゼのためだ。

誰に招待状を出すか、どんな贈り物をするかなどということについては、ルヴァルトの秘書や執事が気を配ってくれるけれど、今日、顔を合わせるであろう人達について何も知らないのは非常にまずい。

「……ふぁ、眠い——いえ、寝ている場合じゃないんだから」

分厚い交友録を丹念に調べて、ひとりひとりの情報を頭の中に叩き込む。いざ、顔を合わせた時にこの知識がちゃんと出てくればいいけれど、自信はない。

この結婚で、ルヴァルトの方にはメリットなんてほとんどないことを知っている。だから、せめて——足を引っ張らないようにしたいのだ。

午前中も半ばになって、ようやく軽くお腹が空いてくる。そのタイミングを見計らって、フランカがサンドイッチと果物、それに紅茶を運んできてくれた。

「ありがとう。お風呂の用意ができたら、呼びに来てもらえる？　ええと、あとは」

これが朝食兼昼食なので、昼食を用意してもらう必要はないのだが、あとでお腹が空きそうな気がしてきた。

「お出かけ前に、お茶を召し上がる時間はあると思います。それでよろしいですか？」

「――ありがとう！　ルヴァルト様も召し上がるかしら？」

「用意しておきます。お任せくださいませ」

フランカは、本当によくやってくれる。

彼女に聞いて、明確な答えが返ってこなかったことはないし、なんでも確認できる相手がいると思うと気が楽だ。

（本当は……もうちょっと私がしっかりしないといけないんだろうけど）

交遊録に書き留められているのは膨大な人数で、こんなにも大人数がすべて頭に入っているのだから、ルヴァルトはすごい。

軽食を食べたあと、せっせと交遊録に目を通している間に頼んでおいた入浴の時間になる。今日、支度してもらったのは、マッサージ部屋の隣にある浴室だ。

「……はぁ、幸せ」

入浴を終えてから、マッサージ部屋に入る。腰のあたりにタオルをかけただけであとは素肌のまま、エリーゼが寝台の上に横になると、フランカがマッサージしてくれる。

こうやって、一日おきにマッサージを受けるのは結婚してからの習慣だ。おかげで、エリーゼの肌は艶々ピカピカだ。

顔の手入れも毎回してもらうから、結婚前よりも少し、頬がほっそりしたような気がする。

オイルの中には肌の肌理《きめ》を整えてくれる成分だの、色白になる成分だの、余計な脂肪《しぼう》を流してくれる成分だの——それからリラックス効果のある香りだのが混ぜられていて、フランカにマッサージをされるとすぐに眠くなってしまう。

特に、今日は寝不足だったので、効果はてきめんだった。人肌に温められたオイルが背中に垂らされて、フランカの優しい手が肌の上を滑り始めたとたん、すとんと眠りに落ちてしまった。

「奥様、終わりました。お疲れのようですし、まだ時間がありますから、横になられてはいかがですか？」

「そうね、そうしようかしら。ドレスを出しておいてもらえる？」

また部屋着を着て、ソファでうとうとしている間に、フランカがドレスを用意してくれる。そろそろお茶の用意ができるであろう頃になって、ルヴァルトが帰宅してきた。

「……今日も、いい香りがするな」

「お帰りなさいませ！　今日はローズの香りだそうですよ！」

ほんのりと香るローズの香りを、ルヴァルトは気に入ったみたいだ。エリーゼの隣に腰を下ろしたかと思ったら、次の瞬間には膝の上に抱えあげられている。

「あんっ……ふっ……あっ……あぁん……」

膝の上に抱えられたかと思ったら、次は熱烈なキスだ。今の今まで側に控えていたフランカも、心得た様子でするすると下がっていく。

戻ってきたばかりの彼は、出仕用のフロックコートを着ていてすごく素敵だ。

えいやっとエリーゼはルヴァルトの首に手を回し、もっと深いキスがほしいとねだる。

結婚してからずいぶん欲張りになってしまったような気がするが、ルヴァルトが素敵すぎるのが全面的に悪い。

「あんっ」

いたずらな手が、背中からお腹の方へ、そしてそこから胸の方へと上ってくる。彼の手が、布越しに撫でていく感覚だけで感じてしまった。

「やっ……ん……もっと……」

口内でルヴァルトの舌が我が物顔に暴れまわっている。エリーゼも必死に彼の舌を追いかけたけれど、彼にはかないそうにもなかった。

そのままソファに押し倒されて、不埒《ふらち》な手が胸の方へと伸びてくる。やわやわと胸全体を揺らされて、エリーゼは甘えた声を上げた。

「あんっ……ん……」

もう腰のあたりには愉悦が揺蕩《たゆた》い始めていて、頭がぼうっとしてくる。エリーゼがルヴァルトの上着を強く摑んだ時だった。

「お茶の用意ができました。よろしいですか？」

「――よくない！」

扉の外からかけられたフランカの声に、ルヴァルトはすぐに吠えるような声で返した。

（今日の予定ってなんだったっけ……？）

「ん、でも……今日は……ブリギット様のところだから……」

キスだけで陥落しそうになっていたエリーゼが言うのも説得力がないが、大切な友人のブリギットが開くパーティーなのだから、遅れるわけにはいかない。

ルヴァルトもそれを思い出したみたいで、しぶしぶと起き上がった。

「――しかたないな。うん、それは、しかたない」

悔し紛れみたいに、もう一度乱暴にキスされる。それだけで、ふわふわとした気分になって、エリーゼは微笑んだ。

「エリーゼは可愛いから、人前には出したくないんだが――しかたない」

「そんなこと言ってくださるの、ルヴァルト様くらいですよ？」

えいと伸びあがって、エリーゼの方から頬にキス。

ルヴァルトの方からもお返しのキスを贈られて、扉の外から再度声をかけられなかったら、そのままソファに二人そろって倒れ込むところだった。


ブリギットの屋敷に到着した時には、そこはたくさんの人でにぎわっていた。

ルヴァルトと結婚してからこういう会に出る機会は増えたけれど、こんなにたくさんの人が集まっているのにはまだ慣れない。

(……ものすごく、場違いって感じ)

ここに来て、また目を丸くしてしまうのだから、どうしようもないと自分でも思う。

「ルヴァルト！　エリーゼ！　よく来てくれたわ——エリーゼったら、今日も可愛らしいわ！」

エリーゼに目をとめたブリギットは上から下まで何度も視線を往復させて、ウィンクしてきた。

「本当に、可愛い。今日のドレスもよく似合ってる——私の紹介した仕立屋、なかなかでしょ？」

「ああ、エリーゼを最高に可愛く仕上げてくれる」

ブリギットのウィンクをさらりとかわしたルヴァルトは、エリーゼの方へ蕩けそうな目を向けてくれた。

(……やだ、どうし……どうしよう……)

結婚してから、もうひと月が過ぎようとしているのに、ルヴァルトに見られただけで真っ赤になってしまう。ついでに、支度を始める前のソファでのキスも思い出した。

「あらあら、可愛い。本当に可愛らしい――食べちゃおうかしら」

「駄目だ駄目だ。お前は、本当に油断も隙もないな!」

ルヴァルトがエリーゼを腕の中に抱え込もうとする。そんなルヴァルトの腕を叩いたのは、クラウスだった。

「君達、そこで何やってるのさ? ほら、ブリギット。お客様の到着――今日は君が主だろ? ルヴァルト、ちょっと相談したいことがあるから、あとで時間を作ってほしい」

「わかった。とりあえず、またあとでな」

こういう状況なのに、クラウスがルヴァルトに相談事を持ちかけて来るなんてルヴァルトは、本当に忙しいのだろう。

(……そうよね。だって、たくさんお仕事をしているんだもの)

エリーゼが何かの助けになれればいいのだが、あいにくルヴァルトの助けになるようなことは何もできない。

せいぜいフランカに教えてもらった『あれ』くらいだろうか。

そう言えば、今日のルヴァルトはちょっと疲れた顔をしている。

ルヴァルトに連れられて会場内に入ると、周囲の視線が一斉にエリーゼに突き刺さった。最初のうちはその視線にたじろいだけれど、今ではだいぶ慣れてきた。

「――エリーゼ……踊るか」

「はいっ！」

ルヴァルトに連れられて、ダンスをしている人達の間にするりと入り込む。

最初にダンスをした時には、抱えあげられて振り回されたけれど、今のルヴァルトとはそんなことをしなくても大丈夫だ。

（たぶん、大人と子供みたいに見えているんだろうけど）

ルヴァルトとエリーゼではかなりの身長差がある。だから、ルヴァルトはうんとかがまなければならないのだ。

それでも、彼のリードでくるくると動き回るのはものすごく楽しい。デビューしてからずっと、壁の花でいたことを思い出せばものすごく楽しい。

ずっと踊っていたいけれど、喉が渇《かわ》いたので、途中で休憩を挟むことにした。

「――一曲、お相手願えますか？」

ルヴァルトが飲み物を取りに行っている間に、知らない男性に声をかけられた。エリーゼと同じ年くらいだろうか。

「……ええと、それは」

なんて返したらいいんだろう。エリーゼがどぎまぎしていたら、横からすっと手が差し出され、誰かがエリーゼと彼の間に半分割り込んできた。

「申し訳ないけれど、彼女はリーデルシュタイン公爵の専属よ。ダンスがしたいのなら、他をあたることね」

「し、しかし、それは結婚前の話で——」

二人の間に入り込んできたのはブリギットだった。

結婚前の話ってなんだろう。

けれど、ブリギットはそれ以上エリーゼに追求する間を与えなかった。両手を腰に当てて、声をかけてきた男をじろりと見る。

「それとも私が代わりを務めましょうか？」

「し、失礼しましたっ！」

彼は、気の毒なくらいにうろたえて、そのまま逃げ出してしまう。

「失礼しちゃうわね。私が何かしたみたいじゃないの。エリーゼ、ルヴァルトはクラウスにつかまったの。もうちょっと待っててくれる？」

「大丈夫。どこにも行きません」

ブリギットが視線で示した先では、ルヴァルトとクラウスが何やら話し込んでいた。ルヴァルトの眉間に皺が寄っている。

「……何を話しているんでしょ?」

「そうねぇ、たぶん、グウィディア王国との講和の件じゃないかしら。今頃、文句を言ってきたのよね」

「一昨年……国境のところで大きな紛争が起こりましたよね?」

あの頃、エリーゼは急に社交界へのデビューが決まって、慌ただしく、国境のことまで気に留めている余裕はなかったけれど、彼の出立直前に開かれた教会のバザーに彼が来てくれたのを覚えている。

「そうなのよ。あの時、傷を負って国境で死にかけてねぇ……ルヴァルトとクラウスがその後の交渉の場でコテンパンにしたらしいわ」

「――そう、ですか」

たぶん、それはルヴァルトの脇腹にある大きな傷を負った時のことだ。

軍人公爵と呼ばれる彼ではあるけれど、エリーゼの前で軍のことについては口にしようとしない。

たぶん、それはエリーゼに言ってもしかたないというだけではなく、軍の機密を守ろうという意味もあるのだろう。それは、正しいことだと思うので、余計な口は挟まないようにしている。

「――一年以上あちこちルヴァルトを連れまわして交渉ごねて、ようやく条約を成立させたのに、またごねようっていうんだものね。もう一度ルヴァルトが向こうに行って、脅しをかけることになるんじゃないかしら」

「ルヴァルト様が……？」

そうか、彼が留守にするということもあるのか。今までまったく考えていなかったけれど、ルヴァルトがいない間に、たくさん勉強しておかないといけないかもしれない。

「寂しくなったらいつでも声をかけて？　どうせ、クラウスも一緒に行ってしまうんだろうし……私も、暇になるから」

ルヴァルトの副官のような役を果たしているということもあり、クラウス自身もけっこう有力な人物なのだ。ひょろっとした見た目からは、そのあたりは想像できないが、ルヴァルトに信頼されているのは間違いない。

「ブリギット様は……ルヴァルト様とよく会ってたのですか？」

「そうねえ……ほら、クラウスとルヴァルトがよく一緒にいるでしょう。だから、そこに自然と混ざっていたというか」

「……そうなんですか」

なんだか、胸が少し重くなった。ブリギットは、ルヴァルトのことをエリーゼよりずっとよく知っている。

そこでやきもちを焼くのは、お門違《かどちが》いもいいところだけれど、自分よりずっとルヴァルトと親しい女性がいたというのはちょっと切ない。

「ええ。でも、そんな顔をしないでちょうだい。ルヴァルトに変な感情持ってるわけじゃないから」

「……え？」

エリーゼは目をしばたたかせた。今、ブリギットは、何を言おうとしているのだろうか。

「あなた、ルヴァルトが好きでしょうがないって顔してるわよ。ついでに、今、私にやきもち焼いたでしょう」

「え？　え？　どうして、そんな」

ブリギットは鋭い。たしかに今、ちらっとやきもち焼いた。どうして、気づかれてしまったんだろう。

「エリーゼは素直だから、顔に全部出てしまうんだわ。でも、あなたのその素直さがいいところなんだから、気にしちゃダメ」

「あの、ごめんなさい……」

ブリギットは笑って許してくれたけれど、申し訳なくなってエリーゼはしゅんとしてしまった。

こんな風に、嫌なやきもちを焼きたかったわけじゃないのに。

「ブリギット！　エリーゼに何を言った？」

だが、部屋の向こう側にいたルヴァルトが、ものすごい勢いでこちらに戻ってくる。

「やだ、何も言ってないわよ」

「本当か？　いじめられてないか？」

「しっつれいね！　エリーゼに求婚する時、いろいろ手伝ってあげたのに！」

あまりにもすさまじい勢いでルヴァルトがやってきたものだから、ブリギットもちょっといらっとしたみたいだ。さすがに声を荒らげはしなかったけれど、口調が明らかにむっとしている。

「ち、違うの……ルヴァルト様、違うんです。ええと……私、まだまだだなって思って……」

「エリーゼは、そのままでいいんだ」

まさか、こんなところでルヴァルトやブリギットに迷惑をかけることになってしまった。どうしたものかとおろおろしていたら、のんびりとクラウスが声をかけてくる。

「もう一度踊ってきたら？　エリーゼは今まであまりダンスをする機会がなかったんだろう。ルヴァルトがしっかり相手をしてやらないと」

クラウスのこの台詞で救われた。エリーゼはぴょんと立ち上がってルヴァルトの手を摑んだ。

「嫌じゃなかったら……私、もう一度ダンスしたいです！」

「エリーゼが、そう言うのなら」

「それなら、クラウスは私の相手をして。いいでしょう？」

「……ブリギットがそう言うなら、しかたないね」

クラウスはブリギットの手を取る。彼に手を取られたブリギットは、嬉しそうに微笑んで真っ先にフロアへと出て行った。

そうやってパーティーを楽しみ、引き上げると決めたのは夜中を過ぎてからだった。


屋敷に戻ったら、ルヴァルトはソファに座って大きく息をつく。

なんとなく彼の隣に座るのははばかられて、エリーゼはソファの後ろ側、背もたれ越しに彼に抱き着いてみる。

（……ああ、やっぱり大きいな）

ルヴァルトの肩はとても広い。そして背中は大きい。

ルヴァルトのために何をしてあげられるんだろうと考えても、エリーゼにできることなんてそう多くはない。

こてんと彼の首の後ろに額を押し付けた。

「どうした？」

「さっき、ブリギット様からルヴァルト様がお出かけするかもしれないって聞いたら、寂しくなっちゃったんです。だって……今まで長期でお留守にすることってなかったでしょう？」

日頃は見上げているルヴァルトの顔が、今は座っているからいつもより顔が近い。近くで彼の顔を見るのはちょっと照れくさい。

「ああ、グウィディア王国の件か。すぐに戻る」

「ちゃんとお留守番できるから大丈夫です。ブリギット様も、時々遊びに来てくれるって」

背中側から、ルヴァルトの肩に額を乗せる。好奇心半分で肩のあたりをそっと押してみたら、意外と張っていることがわかった。

「肩、ちょっと凝っていませんか……？」

「書類は苦手だ。このところ、書類の処理が多くてな」

「――任せてください！　ちゃんとフランカに教えてもらったんです！」

こういう時のために、フランカにマッサージを教わっておいたのだ。こんなにも早く役に立つ機会がこようとは。

「痛かったら言ってくださいね！」

よいしょ、よいしょ、と力を込めて首筋から肩にかけて揉《も》み解《ほぐ》していく。

（……首もとても太いわね）

ルヴァルトの身体は、どこもかしこも鍛え上げられている。柔らかなエリーゼの身体とは大違いだ。

「あぁ――気持ちいいな」

ルヴァルトが、そう言ってくれたので、ほっとした。

マッサージしてくれるフランカにいろいろ教わったけれど、ちゃんとできているかどうかという点ではものすごく不安だったのだ。

「ルヴァルト様が、気持ちよくなってくださるのならよかった……ええと、あとは、ここもすごい凝ってますね！」

「クラウスが仕事を押し付けてくるからだ」

「押し付けるって……ルヴァルト様じゃないと、だめなお仕事がたくさんあるのでしょう？」

本当は、ルヴァルトが出張してしまうのはいやだな、と思う。でも、エリーゼのわがままで彼を引き留めておくわけにもいかないし、できることと言えば自宅にいる時は、できるだけくつろいでもらうくらいだ。

なにせ、ルヴァルトは大柄なので揉み解さなければならないところも大きい。えいえいと一生懸命マッサージしていくけれど、なかなか困難な作業だった。

「……あと、まだ足りないところはありますか？」

「いや、十分だ。ありがとう」

「……あら？」

どうにもルヴァルトにはかなわないというか、エリーゼが鈍いのかもしれない。

ソファの背もたれ越しに彼の肩を揉んであげていたはずなのに、ひょいと持ち上げられて背もたれを越えさせられたかと思ったら、すっぽりと彼の腕の中に抱え込まれていた。

（……さっきまで、後ろに立ってたはずなのに）

背もたれ越しにエリーゼを持ち上げるのって、わりと大変なんじゃないかと思う。だが、ルヴァルトはエリーゼのことなんてまったく重いと思っていないみたいだった。

「――エリーゼのおかげだな。すっかり元気になった」

「それならよかったです。一番大切なのって、ルヴァルト様が元気になることだもの」

「それなら――」

首を傾げて、正面からエリーゼの顔を見つめた彼がにやりとする。

その笑いはなんとなく嫌な予感――正確に言えば嫌な予感と言うより、どういうわけかぞくぞくすると言った方が正解に近いのだけれど、やっぱり彼にはかなわないのだなという気にさせられる。

「エリーゼから、キスしてほしい」

「そんなことしたら、お疲れになりませんか？」

キスなんかしたら、それだけじゃおさまらないと思う。というか、絶対におさまらない。

「……エリーゼがキスしてくれないのなら、俺はずっと疲れたままだ。困ったものだ。明日の朝は起きられないかもしれない」

毎朝それはもう元気にエリーゼを抱きつぶしてから出かけるくせに、その発言ってどうなんだろう。ずるいというか、なんというか。

「それなら、目を閉じてくださらないとだめです」

正面からキスするのは恥ずかしい。おとなしくルヴァルトが目を閉じたので、エリーゼは彼の首に両腕をかけた。

（意外と、睫毛が長いのよね）

普段、まじまじと彼の顔を見る機会はないし、そもそもまじまじと見るのは恥ずかしいから、いい機会とばかりに観察してみる。

じーっと見つめていたら、ルヴァルトがぱっと目を開いた。

それこそ息がかかってしまいそうなくらいの至近距離で見つめあう形になって、エリーゼの口から妙な声が上がる。

「目、目は閉じててくださいって言ったじゃないですか！」

「エリーゼがなかなかキスしてくれないからだ」

ルヴァルトはとても不満そうな顔だった。

日頃は落ち着いているし、大変な仕事を任されているから、年相応に見えないことも多いのですっかり忘れていたけれど、彼はまだ二十二歳なのだ。

でも、そうやって不満を隠さずに見せてくれるところははっきり言ってしまえば年相応というべきか——ちょっと可愛いしそういうところも好きなんだな、なんて単純に思ってしまう。

「えいっ！」

思いきって、彼の目を見つめたままちゅっと唇を触れ合わせてみた。今度は彼が喉の奥の方で妙な音を立てる。

「キス、しました！」

エリーゼは大満足だったが、彼はとても不満なようだった。また、喉の奥で唸るような音を立てたかと思ったら、両腕が背中にがっしりと回される。

「——今のは、キスしたうちに入らない」

「しました！　ちゃーんとお口にキス——ん、ぅ」

エリーゼの言葉は途中で途切れてしまった。なぜなら、ルヴァルトの唇に続く言葉を奪われてしまったから。

息がとまりそうなくらいの勢いで唇を押し付けられ、それから強引に中に舌が割り込んでくる。

「……あ、んぅ……」

エリーゼの唇から上がったのは、うっとりとした声だった。ルヴァルトとキスするのはいつだって気持ちいい。その先の行為も、気持ちいい。

「エリーゼ、俺を見るんだ」

「んっ……」

命じられて、唇を重ねられた瞬間に反射的に閉じていた目を開く。

「はぅっ……」

真正面に、ルヴァルトの黒い瞳があった。こんな風に正面から見つめあうと、お腹の奥の方が熱を帯びてくる。

目を合わせながら、舌を搦めているなんてとてもいけないことをしているみたいだ。

「んっ……んっ……」

見つめあうのに耐えられなくなって、目を閉じようとしたら、たしなめるように背中を軽く叩かれる。

そうされたら、逆らうことなんてできなかった。目を開いたまま、舌を差し出し、背中をしならせ、もっと深い行為を無言のままにねだってしまう。

「あっ……」

ようやく唇が離されたかと思ったら、すぐに首筋にキスされた。そこにキスされるといつだってうっとりとしてしまって、ルヴァルトの腕に体重を預けてしまう。

「あぅっ……はっ……んぅ……あっ……あぁっ……」

首筋の皮膚を軽く吸い上げられると、もう声を抑えることはできなかった。身体からはあっという間に力が抜けてしまって、ルヴァルトの思うままになされてしまう。

片方の手が、乳房を下から持ち上げるようにしてきた。どちらかと言えば小ぶりだったけれど、彼の目にはそんなこと気にならないみたいだった。

「少し、大きくなったか？」

「やっ……だめっ……」

「ほら、やっぱり大きくなってる。俺が丹念に揉んでいるからだろう」

「なっ……し、知りません……！」

たしかに揉まれている。ほぼ毎日揉まれているのは事実だ。

だが、いちいちそんなこと口にしなくてもいいではないか。反抗しようとしたけれど、布越しにきゅっと頂を捻られたら、逆に甘えるみたいな声を上げてしまった。

「ほら、ここもう硬くなってる——こっちはどうだ」

「あぁっ！」

反対側の頂にも手が伸びて、布ごと扱くように刺激される。声をこらえることなんてできなくて、思いきり高い声を響かせてしまった。

「あぁっ……んんっ……あんっ……胸、だめ……！」

ルヴァルトを押しやろうとするけれど、エリーゼの腕からは完全に力が抜けている。布越しに敏感な頂を刺激されたら、すぐに快感を求める意思の方が大きくなってしまった。

転げ落ちてしまわないよう、懸命に彼の首にすがりつく。耳元で彼が満足そうに笑う声が聞こえたけれど、反抗する気も失われていた。

「あんっ……だめって……言ってる――のにぃ……！」

懸命に彼を止めようとするけれど、裏腹に甘ったるい言葉を吐いているのだから説得力がないことこの上ない。

彼の手がエリーゼの乳房を包み込み、全体を強く弱く刺激してくる。そうしながら、手のひらで頂を刺激された。触れ合う布の感覚に、ぞくりとした感覚が生じる。

「やぁっ……んんっ……あんっ……や、あぁっ……ここじゃ……いやぁ……」

寝室ならばともかく、ここは寝室ではなく居間だ。そのことにルヴァルトは気づいているのだろうか。

それに、まだ寝る支度もしていない――ということは、入浴もしていないわけで。出かける前に全身磨き上げてもらったけれど、ダンスをしたり人に会ったりしたのだから、できるならその前に綺麗に流したい。

「お風呂……入ってない……か、ら……」

「そうか？　俺は、少しも気にしないが」

　さらにルヴァルトはくりくりと指でつまんで転がしてくる。それと同時に耳朶《みみたぶ》に舌を這わされたら、もう抵抗することなんてできなかった。

「あぁっ……わ、私は……気にする……か、らぁ……」

　そうは言っても、エリーゼの方から彼の手に胸を押し付けるようにしているのだから、説得力はゼロだ。

「……すぐに気にならなくなるだろう」

「ひぁんっ！」

　またきゅっとつままれて、彼の腕の中で身体を跳ねさせてしまう。背中を支えていた方の手が、不穏な動きを始めた。

「やだ、だめ。ボタン……外しちゃ、だめ、です……」

　まだ、パーティーに出かけたままの格好だ。それなのに、彼は片手で器用にボタンを外してしまう。

「だめぇ……んぁっ……あん、あぁんっ！」

　ボタンが外されたかと思ったら、すぐにむき出しになった肩甲骨《けんこうこつ》の間を、背骨に沿ってくすぐられた。そうされるだけで、快感になじんでしまった身体は弱い。

「こ、ここでは――あぁっ！」

ドレスと下着がさっと引き下ろされる。むき出しにされた乳房を隠そうとしたけれど、彼の方が速かった。

「はっ――ん、く……んっ……あぅっ……」

身体を腕で強引に持ち上げるようにされて、彼の膝をまたぐ形で膝立ちにされる。腰のあたりに脱がされたドレスや下着がまとわりついてくる感覚も、淫靡《いんび》なものに感じられてしかたなかった。

「――んっ……く、あぁぁっ……」

「先ほどはたくさん揉み解してもらったからな。俺からも、きちんとお返しはしなくては」

「ち、違う……そんな、お返し――なん、て……！」

エリーゼは首を振った。彼にお返しなんて望んでいなかった。

いや、こうやって彼に抱かれるのは気持ちいいし、嬉しいし、彼に愛されてるような気がして幸せだけど。その「お返し」をこういう形で返されるのはちょっと違うと思うのだ。

「ひぁんっ……あんっ……舐めないで……！」

「それは、舐めてほしいということだな」

「ち、ちが――あぅっ！」

尖らせた舌で乳首をつつかれて、身体の奥で快感がずきんと音を立てる。

膝立ちになったまま腰をくねらせると、ルヴァルトは何度も何度もその場所を舌で刺激してきた。

乳首を濡れた舌で弾かれるたびに、そこから快感が下腹部へと流れ落ちてくる。

「ひあ——あ、あぁ……だめ……だめ、あぅっ……」

こうやって触れられるたびに、快感が少しずつ大きくなってくる。彼の腕の中で幾夜も過ごしてきたから、これから先に待っている快感の深さもきちんと知っていた。

「あぁ——ん、あっ……ルヴァルト様……だめ、ここでは——あぁんっ！」

何がだめ、なのだろう。エリーゼの方から胸を突き出し、乳房を揺らし、誘うように身体をくねらせているのに。

自分でも、快感を求める気持ちがどんどん大きくなってくるのがわかるから、どうしたらいいのかわからなくなる。

「あぁ……ん、もっと——いや、違う……！」

もっと、と求めかけて慌てて首を横に振った。こんなところで、こんなことをしてはいけないのだ。頭の片隅《かたすみ》に残った理性がそうささやきかけてくる。

でも、エリーゼの理性なんて、簡単にぐずぐずに溶かされた。

「あ——あぁぁっ……だめ、……だめぇ……！」

軽く歯を立てられて、すさまじい喜悦が走り抜ける。背中を甘く痺れさせる感覚に、どう対処したらいいのだろう。

「何がだめなものか。エリーゼだって、俺をほしいと思っているくせに」

「それはそうですけど――はぅっ！」

また、ちゅっと音を立てて、胸の頂を吸い上げられた。もう片方の頂を、指の先で押し込まれて、また新たな喜悦に身体が震える。

「ん――だって、だって」

自分でも言い訳がましいと思った。ここまできて、まだだってなんて繰り返しているなんて。

「俺は――エリーゼがほしいと思っているぞ。ほら」

「あっ……でも……」

背中を支えていた手が腰に回ったかと思ったら、そのまま彼の下腹部にエリーゼの下腹部を押し付けられた。そこが硬くなっているのを知らされて、エリーゼは頬を染める。

「俺がほしいと思っているから、いいんだ。ここで抱くぞ」

いいんだってどういうことだ。頭の隅でそう考えたけれど、ルヴァルトに求めてもらえるのなら嬉しい。

「……あっ」

スカートが捲り上げられて、中に手が入ってきた。腿の内側をなぞられて、期待に満ちた吐息が零れる。

「ん――やぁっ……それ、違う……」

何が違うというのだろう。自分でもそう思ったけれど、ルヴァルトの手は思わせぶりに腿の内側、左に右にと行ったり来たりしてるだけ。膝の裏から腿の付け根までつっとなぞる。なのに、エリーゼが腰を揺らすとすっと離れてしまう。

それから今度は反対側の腿に移って、また膝の裏から腿の付け根までなぞり上げる。そうしておいて、今度は腿の付け根のあたりを、三本の指でくすぐってきた。

そこを刺激されると、じわじわと官能のさざ波が広がってくる。そのすぐ側にある敏感な場所がきゅんと疼くのに、ルヴァルトは何もしてくれなかった。

何度も、何度も、腿の付け根に沿って指を這わせるだけ。

「はぁっ……ん……」

もっと感じる場所に指を導こうと、いやらしく腰をくねらせてしまった。

「ほら、エリーゼだって物足りないんだろう?」

「ち、違います――あんっ」

「嘘つき」

そう耳元でささやく彼の声は、蕩けそうに甘かった。

その声に誘われるように、エリーゼは腰を落としてしまう。とたん、彼の指が、秘められた場所を擦り上げる形になって、思わず肩を跳ねさせた。

「――濡れてるぞ」

「そ、それは……」

一枚の布越しでも、彼の手を濡らしてしまうくらいに蜜を滴らせていたらしい。それを指摘されて、これ以上熱くはならないと思っていた頬がまた一段と熱くなる。

「あ――」

ルヴァルトの手が、腰を持ち上げた。また、膝立ちの姿勢になって、彼の肩に顔を埋める。

「あっ……んぁっ……あっ……あぁぁんっ！」

腰を支えていない方の手が、濡れた薄布越しに秘めておくべき花弁の間を刺激してくる。指が往復するたびに、エリーゼの首が揺れた。

花弁の間に隠された敏感な芽は、刺激されるのが布越しでもすさまじい快感を送り込んでくる。

「はぁっ……ん……ん……あっ、あっ……あぁぁっ！」

彼の肩にかけた手に力がこもった。爪を立ててしまっているかもしれない。

布越しにそこを突き刺す指の動きが激しさを増す。それにつられるように、エリーゼもますます高く声を響かせた。

ここが寝室ではないとか、もうどうでもよくなってしまって、ただ声を上げ、もっと深い快感をねだってしまう。

「あぁ――んぁっ……はぁん……あぁっ……！」

背中をしならせ、身体を震わせる。もう少し。あと、もう少しで快感を極めることができるのに、決定的に何かが足りない。

「……あぁ」

また、達しそびれてしまって、不満の声が漏れた。そうすると、今まで濡れた布を押し込むようにしていた指がすっと引き抜かれる。

そして、下着を留めている紐に手がかけられた。スカートで隠されているそれは、ルヴァルトのいる位置からは見えないはずなのに、彼は器用に紐を解く。

「――あぅっ！」

下着が腿の半ばまで引き下げられたかと思ったら、彼は性急にその間に手を差し入れてきた。一度に二本、中に突き立てられても、準備を終えた身体は簡単に受け入れてしまう。

「はぁん……ん、あ、あぁぁんっ！」

中で細やかに指が振動させられ、エリーゼの身体はあさましいくらいに反応した。自分から腰を動かし、もっと強い悦楽を得られる場所を刺激しようとする。

「――エリーゼ、ほら、こちらを向くんだ」

命じられて顔を上げたら、強く唇を押し付けられる。互いの呼吸を混ぜ合わせ、舌を絡め合わせながら、身体の中いたるところを突き上げられる。

濡れた音が二か所から響くのも、エリーゼの羞恥心をより煽《あお》ってきた。その羞恥心に押し流されるように、丸く腰を動かしてみる。

「ふぁっ……あぅっ……ん、あっ……あぁっ……！」

じゅぶじゅぶと指が抜き差しされ、熱い蜜が腿に滴る。

もう少し、あと、もう少し――。

「あーっ……ルヴァルト……様っ！　あぁぁっ！」

指を奥に突き入れられるのと同時に、淫芽を親指が擂り上げた。一気に絶頂へと駆け上がり、のけぞったエリーゼの乳房がはしたなく揺れる。

「んっ……あっ……」

自分だけ達してしまったのを申し訳なく思うけれど――まだ、物足りない。もじもじとしたら、ルヴァルトはするりと手を引き抜いた。

不満まじりに見上げると、彼はそっとエリーゼの唇を人差し指でなぞる。彼は、エリーゼの下着を完全に取ってしまい、それから片方の手で下衣を緩めた。

「ルヴァルト様……？」

「来るんだ、ここに」

ここってどこだろう。疑問を顔に浮かべていたら、ルヴァルトはエリーゼの腰を掴む。

「──ここに」

「……あっ」

あてがわれたのは、熱い杭《くい》。じらすみたいに先端で花弁の間をなぞられて、期待に喉が鳴る。でも、これで本当にいいのだろうか。

「エリーゼから来てくれないと、何もできないぞ。今日は、いつもとは体勢が違うからな」

「……知りませんっ！」

とんっ、ルヴァルトの肩を叩いた。今日はエリーゼの方が上にいるから、自分から腰を落としていかないと、彼を受け入れることができないのだ。

わかってはいるけれど、自分からそうするのは恥ずかしい。ここは明るいし、表情も全部見られてしまう。

「見ては……嫌です……」

小さな声で言うと、エリーゼは彼の肩に顔を伏せた。正面からこんな顔は見せたくない。

「はぁっ……ん……」

こらえようとしても、こらえきれない声。

熱い楔《くさび》を自分から呑み込んでいく感覚に、どうしようもなく期待が満ちる。一気に腰を落とすのは怖くて、じりじりと落としていたら、肩に伏せていた顔を強引に持ち上げられた。

「あっ……や、だめ——見ては、だめ、です……いやぁっ……！」

「なぜ見てはいけない？　今のエリーゼは、とてもいい顔をしている——気持ちよくて、しかたがないという顔だ」

「あっ、あっ」

そんなことは言わないでほしい。一度、動きを止めてしまったけれど、ルヴァルトの方が上手だった。下から軽く突き上げられたら、簡単に力が抜けてしまう。

「あぁぁんっ！」

自分の体重を支えることができなくなって、一気に身体が沈み込んだ。最奥をいきなり突き上げられたとたん、頭の先まですさまじい快感が走り抜ける。

「やだ……あんっ、はぁんっ……！」

下にいるルヴァルトが身体を小さく揺さぶると、体内に呑み込んだものが絶妙な場所を刺激してくる。

「ルヴァルト、様……やん、はぁんっ！」

「その顔は、すごくいいな。涙がにじんでいるところが可愛い」

「ばかぁ、知らない……！」

ルヴァルト相手にきちんとした口調を忘れているのにも気が付かなかった。揺さぶられて、どんどん身体に熱がこもってくる。

「ほら、こうしたら？」

今日のルヴァルトはとても意地が悪い。エリーゼをどんどん揺さぶってきて、逃げられないようにしてしまう。

硬く猛々《たけだけ》しいもので内側を擦り上げられ、最奥を強く穿《うが》たれるたびに、頭の中が真っ白になるような気がした。

「もう、だめ……だめ、なの……！」

ルヴァルトの上から転げ落ちてしまわないよう、身体を支えるので精いっぱいだ。回らない口で必死に訴えたら、ルヴァルトは腰を摑む手に力を込めた。

「それならしかたないな――俺に逆らうな、よ？」

「ひぁあっ！」

がつがつと下から突き上げられ、腰の動きが露骨にエリーゼを感じ入らせようとしているものに変化する。

頭をのけぞらせて、嬌声を高々と響かせたら、エリーゼの肩に顔を埋めた彼はそこに軽く歯を立ててきた。ぴりっとした小さな痛みに、突き上げられた快感が重なる。

「あぁぁぁあっ――！」

こんなにも感じたことがあっただろうか。腰を押さえつけられているから、逃げることもできない。

ただ、与えられる快感に翻弄されて、喘ぎ、泣き、懸命にルヴァルトについていこうとするだけ。

「や、ああ……また、いっちゃう——！」

今日は、何度高みに放り上げられたのだろう。先ほどからずっと乱れっぱなしで、達した回数を数えることもできない。

「ああ、俺も、そろそろ——」

ルヴァルトの律動が速まった。打ち付けられる音が部屋の空気を満たし、エリーゼはただ、与えられる快感に翻弄されるだけ。

きゅうっとひときわ強く、蜜壺《みつつぼ》が収斂したら、耳元でルヴァルトが呻くのが聞こえた。身体の奥に注がれる熱い飛沫《しぶき》の感覚だけで、また、エリーゼも極めてしまう。

声もなく、ルヴァルトの身体にもたれていたら、彼が態勢を変えた。身体の内側から引き抜かれる感覚に、つい名残《なごり》惜し気な声が上がる。

「……あっ」

だが、終わったと思ったのは、一瞬だけだった。

彼はエリーゼをソファの背もたれの方へと向きをかえさせた。

「ルヴァルト……様……？」

身じろぎしたら、今放たれたばかりの精が腿を伝って流れ落ちてくる。急に怖くなって肩越しに背後を見たら、ルヴァルトはもう一度エリーゼにのしかかろうとしているところだった。

「今日のエリーゼは、誰にも見せたくないくらい可愛かった。だから、一度でなんか、足りるはずがない」

「え……？　あの——あぁんっ！」

今、たしかに彼も達したばかりだと思っていたのに。なんでこんなことになっているのだろう。

ルヴァルト自身は少しも硬さを失っていなくて、背後から一気に貫かれる。

そうして、エリーゼは今日もまた、彼の与えてくれる快感に翻弄されるしかないのだった。

第五章　再会早々いちゃいちゃで！

ルヴァルトとエリーゼの新婚生活は、いたって順調だった。困ったことがあるとすれば、一点だけだろうか。

「やっ……もう、限界……！」

「エリーゼは体力がないから、しかたないか」

毎回限界を訴えるまで求められるのは嬉しいけれど、体力の有無が問題じゃないと思う。すべてが終わったあとは、身体を動かすのも億劫になってしまうから、ルヴァルトが身体を清めるのも新しい寝間着に着替えさせるのもやってくれる。

それを申し訳ないと思う反面、ちょっとだけ……ほんのちょっとだけ、毎晩ここまでしなくてもいいじゃないかと思ったりもする。

もちろん、ルヴァルトがエリーゼを愛してくれるのはとても幸せな気分になるので、エリーゼの方から「いやだ」と言うつもりはないけれど。

（……本当に、愛されていると思っているの？）

心の奥の方から、そうささやきかけてくる声を、聞こえなかったふりをするのもいつものことだった。

――大丈夫、ちゃんとわかっているから。

「……ごめんなさい。自分でできなくて」

「それはいいんだ。俺がやりたくてやってるんだから」

うとうととしている間に、すっかり綺麗になったエリーゼをルヴァルトはぎゅっと抱きしめてくれる。エリーゼがもぞっと動くと、彼の上に乗せられた。

ぴたりと身体がくっついているのが、嬉しい。彼の胸に鼻を擦り付けるようにしたら、心臓がどきどきしているのが伝わってくる。

彼の鼓動はエリーゼの鼓動よりゆっくりで、その鼓動に合わせて呼吸していると、少しずつ睡魔が寄ってくる。

けれど、今夜はいつもとは違っていた。エリーゼをお腹の上に乗せて、髪を撫でてくれていたルヴァルトが不意に口を開く。

「三日後に、グウィディア王国に行くことになった。留守番を頼む」

「お留守番ですか……」

もちろん、ルヴァルトは国家の重要な役を負っているのだから、こういうこともあるとわかっていた。だが、彼が出かけてしまうのは寂しい。

この広い屋敷で彼の帰りを待つ――もし、もっと役に立つ人間だったら、一緒に行くことができたんだろうか。

けれど、今言っていい言葉ではなかったから、エリーゼは寂しいという言葉を奥の方に封じ込めた。

「行ってらっしゃいませ。きちんとお留守番しているから大丈夫です」

「ああ。わからないことがあっても大丈夫なように、きちんとしておくから」

「……はい」

寂しい――と、また口にしそうになって、慌てて唇をきゅっと結んだ。

ルヴァルトのことが好き。

だけど、彼とエリーゼの間に温度差があることくらいちゃんとわかってる。わかってないといけないのだ。

もちろん、彼はエリーゼのことをものすごく大事にしてくれているし、それも理解している。

「お土産、おねだりしてもいいですか?」

自分の気持ちは押し込めて、何も知らないふりをして甘えかかってみた。

こうやって甘えてもルヴァルトは怒らない。きっと子供みたいだと思っているんだろうけれど、その方がエリーゼも気楽だ。

「グウィディア王国は、何が特産だったかな――もちろん、エリーゼのために土産はたくさん買ってくる」

「えへ、嬉しいです」

ルヴァルトの髪の中に、エリーゼは手を差し入れた。彼の髪は、短くて、ちょっと堅い。その髪を何度も指ですいていたら、彼が唸るような声を上げげた。

「そういうことをされると困る」

「え……？　あ、ご、ごめんなさい……って、あら？」

今までルヴァルトのお腹の上に乗るみたいにして寝ていたのに、くるっとひっくり返された。見上げた先は天井。そして、ルヴァルトのちょっと狂暴な顔。

「――今夜は、もう我慢するつもりだった――」

「え？　私、そんなつもりじゃ……あんっ！」

先ほど綺麗に身体をぬぐわれ、新しく着せてもらったばかりの寝間着のボタンが弾け飛びそうな勢いで外される。

どこで、何を間違えたんだろう。

頭の片隅にそんな言葉がよぎったけれど、あっという間にルヴァルトの与えてくれる快感に溺れていた。

ルヴァルトが旅立っていったのは、宣言通り三日後のことだった。

結婚前にルヴァルトが責任者となって結んだ条約に不備があるから修正が必要だとグウィディア王国が今さらながらに訴えてきたのだそうだ。

もっとも、単なる嫌がらせという意味合いの方が大きいらしく、ルヴァルトが行って脅し——ではなく、さっさと片付けることになったそうだ。

エリーゼも役に立つことができたなら、彼と一緒に行くことができたのに。

（……だめね。もっと、勉強しないと）

次の機会には、一緒に行けるようになりたい。そう口にできないまま、見送りの場に立った。

「では、行ってくる」

「はい、行ってらっしゃいませ！」

ルヴァルトに心配させたくなかったから、いい笑顔で見送るしかない。子供じみた外見だからと言って、中身まで子供ではないのだから、ちゃんと『奥様』としての役割を果たさなければ。

（なんだか、けっこうな大人数が集まってるわね。それだけ、大変な御用ってことなんだろうけれど）

呼ばれたルヴァルトは、エリーゼの額にキスを一つ落として行ってしまった。

彼が向かった先にいるのは、ルヴァルト同様、皇帝の親戚にあたる男性だ。ルヴァルトに何か話しかけていて、ルヴァルトも難しい顔をして彼に答えている。

その他にも、パーティーに出れば、あちこちから親交を持ちたいと引っ張りだこの人ばかりがここに集まっていた。

（私も、もっと上手にふるまうことができればいいのに。役に立つなら、今回連れて行ってもらえたでしょうし）

ルヴァルトは、エリーゼに仕事の中身については語ろうとしない。

エリーゼが役に立てそうなことならば、何かと声をかけてくれるけれど、それがないということは、今回はエリーゼに話してもどうしようもないってことなんだろう。

ルヴァルトのような役を帯びて国外に出かける場合、きちんと奥様が付き添っていくこともある。今のエリーゼは役に立たないと言われたのも同然だった。

（それを寂しいって思うのは間違いだってわかってるんだけど）

もっともっとルヴァルトの役に立つためにはどうしたらいいんだろう。見送りを終えたら、ブリギットにでも相談してみようか。

クラウスはルヴァルトに同行することになっているので、彼も旅支度を調えている。そんな彼にブリギットが近づいていくのが見えた。

ブリギットはクラウスに何か話しかけている。クラウスの返事が気に入らなかったらしく、両手を腰に当てて、むくれたような表情になった。

「そんなこと言って……あとでどうなっても知りませんからね！」

ブリギットは最後にそうクラウスに言うなり、エリーゼの方へと向きを変えた。勢いよく歩いてきた彼女は、エリーゼの前まできてはーっとため息をついた。

「どうかしたんですか？」

「どうかしたっていうよりも……いいえ、男ってバカだと思うのよ。私」

「それは……男性に限らないんじゃ」

「そうよね、あなたならそう言うわよね……私が悪いのもわかってるんだけど」

ブリギットのため息は深い。エリーゼは彼女の顔を見上げた。

「私で、お手伝いできることあります？」

「そうね。あなたって……そういう人よね。だから、ルヴァルトもあなたを選んだんだろうけど……私も、私を好きになってくれる人のこと好きになればよかった」

ブリギットの、好きな人って誰なんだろうか。

いつも彼女は濁してしまうから、エリーゼもそのあたりのことを深く追求したことはなかった。人には誰だって、聞かれたくないことがある。

（ルヴァルト様は、ブリギット様が言うような意味で私のことが好きってわけじゃないけ

ど)

こんなことを考えているなんて、ブリギットにも知られたくない。だから、ブリギットが言いたくないと思っていることは、エリーゼも追求しないのだ。

「ああ、いいの。そんな顔しないで——私が悪いんだから。たまにはあなたみたいに素直になろうって思うのに、なかなか難しいのよね」

「……素直、ですか」

エリーゼは首を傾げた。エリーゼのことは素直と皆言うけれど、時々、本当にそれでいいのかと思うことがあるのも事実だ。

「さ、そんなことより——ルヴァルトとクラウスをちゃんと見送りましょう。それが終わったら——」

いたずらめいた表情で、ブリギットはぱちりと片目を閉じた。

「私達は、街に出かけておいしいケーキを食べて、お茶を飲んで。それから買い物三昧よ!」

「ブリギット、頼むからエリーゼを悪の道に誘わないでくれ!」

「失礼しちゃうわね! あなたがいない間、私もエリーゼも寂しいから二人で遊ぼうとしているだけじゃない!」

(ブリギット様も、ルヴァルト様がいないと……寂しいのね……)

ブリギットはルヴァルトとは従姉妹で幼なじみだ。だからというわけでもないのだろうけれど、エリーゼには無理な勢いでぽんぽんとルヴァルトと会話をしている。

彼女とルヴァルトの関係が、ちょっとだけ羨《うらや》ましい――なんて、エリーゼが言ってはいけないのだろうけれど。

ブリギットとの会話を終えたルヴァルトは、エリーゼをぎゅっと抱きしめてきた。

「ブリギットの悪癖には染まるな。頼む」

「……悪いことはしないから、大丈夫です！」

そういうわけじゃない。とルヴァルトが耳のところで笑ったけれど、彼の笑い声をしばらく聞くことができない――そちらの方が、エリーゼにとっては重要問題だった。


エリーゼを悪の道に誘ってはだめだと言われていたブリギットがエリーゼをたずねてきたのは、それから一週間後のことだった。

慌ててお茶の用意をフランカに頼み、日当たりのよいサンルームに入ってもらう。

「しばらく旅行に行くことにしたの。だから、その前にお別れをしておこうと思って」

「旅行って？　どちらに行くのですか？」

ブリギットが旅行を予定していたなんて初耳だ。お茶を注ぎかけていた手が止まってしまう。

「前から考えてはいたのよね。ほら、私もいい年なのに独身でしょう。今まではどうってことなかったんだけど、ルヴァルトが結婚したものだから、周囲の圧力がちょっと厳しくなってきて面倒なのよね」

そう口にするけれど、特に困っている様子は見うけられない。ブリギットは、山のように積み上げられたクッキーを、気持ちのいい食欲で片付けていく。

「エルミリア王国なら、景色もいいし、食事もおいしいし。しばらくあちらでのんびりするのもいいかなって」

「でも……好きな人がいるって言ってませんでした？」

心の中でつぶやいたつもりが、思いきり口から零れていた。そんなエリーゼを見て笑ったブリギットは新しいクッキーを取りながら器用に肩をすくめた。

「前も言ったでしょう。相手にされてないのよ、私」

「でも……」

ルヴァルトもいないし、クラウスもいない。

彼らの帰りを待ってから出かけても問題はないだろうに。特に予定の決まっている旅行でもなさそうだし。

「ルヴァルトとクラウスが帰ってくるのを待っていてもいいんだけど……あの二人に捕ま

ったら、ややこしいことになると思うのよ」

その光景が容易に想像できてしまったので、エリーゼは口を閉じた。

ブリギットはルヴァルトの大切な親戚だ。彼女が長期にわたってあてのない旅行をするなんて言ったら、絶対に反対すると思う。

(……そうよね。ブリギット様とルヴァルト様は仲良しだもの)

不意に胸がちくっとして、エリーゼはとまどった。

なんで、今、このタイミングで胸がちくりとするのだろう。この間、彼を見送りに行った時もそうだった。

けれど、ブリギットはそんなエリーゼの様子に気づいてもいないみたいだった。

エリーゼの皿にも新しいクッキーを取ってくれたその手で、何気なく自分の皿に三枚移動させる。

「ルヴァルトがいない隙にあなたとじゃんじゃん買い物しようと思ってたんだけど、約束を破ることになってしまって、ごめんなさいね。でも、やっぱりこのままこの国にいてもだめだって思ったのよ」

「いえ、それは……いいのですけれど……」

ブリギットがいなくなってしまうのは、正直なところものすごく心細かった。ブリギットがいてくれるからこそ、エリーゼでもなんとかやっていけているわけで。

「大丈夫。私がいなくても、あなたはちゃんとルヴァルトの『奥様』をやることができているわ」

何度もエリーゼを励ましてくれて、ブリギットは風のように軽やかに立ち去って行った。

ブリギットが去って三日。ルヴァルトが出かけてから十日が過ぎた。

エリーゼは寂しかった。というか、寂しさ絶好調だった。

ルヴァルトが戻ってくるのは早くても二週間後と聞かされている。寂しい——ものすごく、寂しい。

「……あと、四日」

暦《こよみ》を見てため息をつく。こんなに長くルヴァルトと離れていたことなんてなかった。彼と知りあう前、どうやって毎日過ごしていたのかももう思い出すことができない。

ブリギットと楽しく過ごす予定もなくなってしまった。

家族に会いに行ったし、友人にも会った。こちらの屋敷にも来てもらったけれど、そんなことくらいではこの寂しさを埋めることはできなかった。

(……今日の勉強は、すませた。明日の予習も、たぶん大丈夫)

なにせ、エリーゼは子爵家出身だ。育ってきた環境がまるで違うので、毎回出かける前には大騒ぎだ。

彼に恥をかかせるわけにはいかないから、公爵家の交友範囲については完璧に頭に入れておく必要がある。

誰と誰が結婚したのか。今度会うあの家の奥方はどこの家の出身なのか。さらに奥方の実家が、過去、国にどんな貢献をしていたかということもちゃんと覚えていないといけない。

婚約が決まったら贈り物。結婚が決まったらまた贈り物。子供が生まれたならもう一度贈り物の手配を。もちろん以前贈った品とだぶらないように選ばなければならないし、体調が悪いと聞けば、お見舞いのカードと花束の手配くらいはしなければならない。

そんな風にエリーゼに任される仕事もちょっとだけ増えてきたけれど、まだまだルヴァルトの役に立っているとは言えないと思う。

(……うん、やっぱり、交遊録をもう一度確認しておこうかな)

もし、しばらく交友が途絶えているような相手がいれば、ルヴァルトが帰ってきてから開くパーティーにお招きしてもいいかもしれない。

明日は、エリーゼ一人でパーティーに出席することになっている。

エリーゼの後見役というかお目付け役というか。そんな役割でブリギットが一緒に行ってくれるはずだったのに、一人で行かないといけないから不安だ。もう一度予習をしておいたほうが落ち着きそうだ。

(だけど……いつまでもブリギット様に頼るわけにもいかないものね)

この家に嫁いできたのはエリーゼなのだから、自分の役はちゃんと果たさなければいけないと思うけれど——。

「明日招待されているお屋敷はダレン家でしょ。ダレン家は、お付き合いの範囲が広いのよね……知らない方に会うかも」

明日ダレン家で開かれるパーティーには、きっと国内の名門貴族達が多数招待されているはずだ。彼らに会うことも考えて、もっと他の家のことも調べておかなければ。

今日、出かける予定を入れていなかったのは幸いだった。図書室にこもったエリーゼは、一生懸命交遊録をめくる。

昼食も図書室に運んでもらい、自分で書いたメモを見返しながら食べた。それからお茶の時間も同じようにした。

忙しくしていたはずなのに、一日が過ぎるのはとても長かった。

ルヴァルトがいないだけで、どうしてこんなに時間が流れていくのがゆっくりなんだろう。早く彼の顔が見たい。

一日の勉強を終えた時には、体中がばきばきになっていた。一日中机に張り付いていたのだから、それも当然かもしれない。

（あとは、マッサージをお願いして……明日にそなえて艶々になっておかないと！）

予習を終え、入浴もすませたエリーゼは、マッサージ用のベッドに横になった。

あまり部屋を明るくしてはリラックスできないから、室内の光源はキャンドルの柔らかな光だけ。

ベッドに腹ばいになり、柔らかな枕に顔を埋めてエリーゼは深々とため息をついた。下半身は分厚いタオルに覆われているから寒くない。

背中に落とされるオイルの感触。このオイルには、肌によい成分が山のように溶け込んでいるらしい。フランカの優しい手がそれをエリーゼの背中に伸ばしていく。

「……このまま、眠ってしまいそう」

「お休みになって大丈夫ですよ。今日の奥様はお疲れですから」

「わかる?」

「一日中、勉強していらしたではないですか。それで疲れない方がどうかしています」

くすくすと笑いながらも、彼女は手を休めることはない。彼女の手は魔法の手だ。すっかり眠くなってしまって、エリーゼはうとうとし始めた。

（うん……私が贅沢、なのよね……きっと……）

ルヴァルトの側にいられるだけで十分だと思っていたはずなのに、彼の心がほしいと思ってしまうなんて贅沢だ。

わかってはいたけれど、少しでもいいからエリーゼのことを好きになってほしい。だって、彼にとってのエリーゼはただの愛玩動物みたいなもので。

(……あら?)

自分は、何が望みなんだろう。うとうとしながらエリーゼは考える。

ルヴァルトはエリーゼを可愛いって誉めてくれる。毎晩のように丹念に愛してくれる。

それだけで、どうして満足だって思えないんだろう。

(――違う)

毎晩のように愛してくれる、じゃなくて、毎晩のように抱いてくれる、だ。

愛されているなんて思うほど傲慢になってはいけない。ルヴァルトにとって、エリーゼは――愛すべき存在じゃないから。

どうしたら、好きになってもらえるんだろう。今だって、十分以上によくしてもらっているのに。

こうやってぐるぐると考えていたって、ろくなことにならないのはわかっている。意識して、そこから思考をそらそうとした。

フランカの手はとても優しくエリーゼの背中を撫で、肩甲骨をくすぐるけれど、それは性感と紙一重の感覚だった。

「はっ……ん……」

思わず甘い声が漏れた。

ルヴァルトの役に立たなくては。もっともっと役に立たなくては――まだまだエリーゼの努力は足りない。

「んぅ……」

すっと背骨に沿って撫で上げられる。

「明日は……出かける前に贈り物を買いに行こうと思うの」

エリーゼの言葉に、フランカは返さなかった。ただ、もう一度背骨に沿って撫でられて、また妙な声が出てしまう。

背中を滑っていた手が、急に脇腹に降りてきて、そこからベッドに押し付けられている胸の間に強引に入り込んでくる。

「んっ……あっ……あぁっ――ん？」

ここでようやく気が付いた。

何かおかしい。フランカのマッサージではこんなことしない。

――というか、この大きくてごつごつとしている手は。

「ルヴァルト様――ひゃんっ！」

慌てて起き上がろうとしたら、両胸の頂をきゅっと捻られた。とたん、びくりと肩が跳ねて、身体の中をきゅんとした感覚が走り抜け、ベッドに崩れ落ちる。

「な……な、いつの間に！」

改めて起き上がったエリーゼは、そこにルヴァルトがいるのを見て大声を上げた。

慌てて視線をきょろきょろとさせてみるけれど、そこにフランカの姿はない。

ルヴァルトの方も、いつの間にか入浴をすませたあとらしく、彼が着ているのはバスローブで髪はまだ少し濡れていた。

「ルヴァルト様っ！　どうして！　ええと――違う、お帰りなさい！」

自分が身体にかけていたタオル以外は何も身に着けていないのも忘れてしまって、エリーゼはそのままルヴァルトに抱き着いた。タオルがはらりと下に落ちる。

「お帰りなさい！　ルヴァルト様！」

「ただいま、エリーゼ」

エリーゼはルヴァルトの首に回した手に力を込めた。

「お帰りなさい、嬉しいです！」

フランカはどこに行ってしまったのかとかルヴァルトがなんでここにいるのだろうとか。

そんなことはどうでもいい。

何より大切なのは、今、ここにルヴァルトがいてくれるということ。

「お仕事はどうしたんですか？　お帰りまでは、まだもう少しかかると思っていたのに」

「エリーゼに会いたかった――から、大急ぎですませてきた」

「本当ですか？」

エリーゼが寂しかったのと同じくらいに、ルヴァルトも寂しいと思ってくれていたのなら嬉しい。

自分の身体がオイルまみれなのも忘れて、ますます強くルヴァルトに抱き着いた。

「すっごく嬉しいです、ルヴァルト様！」

ベッドの上に膝立ちになったままルヴァルトの身体を強く引き付ける。エリーゼの方からちゅっと彼の頬に音を立ててキスをした。

「ただいま、エリーゼ！　エリーゼに会えなくて、すごく……寂しかった」

「私も！　私も寂しかった、です！」

夢じゃない。本物のルヴァルトがここにいる。

ルヴァルトの手が、ゆっくりと胸の上を這いまわる。エリーゼの方は何も着ていないから、直接素肌に触れられた。

「だから、さっさと帰ってきた」

「さっさと帰ってきたって……あぁんっ！」

胸の頂をきゅっと捻られる。まだたいしたことはされていないのに、その場所は早くも硬くなり始めていた。

「だって……んっ、あっ……あぁんっ！」

ルヴァルトにこうやって触れられると、どうしてこんなにぐずぐずになってしまうのだろう。

「連絡……くださった、ら……迎え……ひぁんっ！」

先に連絡の使者をよこしてくれたら、ちゃんと可愛いドレスを着て、髪も結ってもらってルヴァルトを出迎えたのに。

きゅきゅっと胸の頂を捻られながらでは、うまく言葉をまとめることができない。

「びっくりさせたかったんだ。びっくりしただろう？」

「びっくり……んぁっ！」

今度は今まで触れられていなかった方の頂が二本の指でつまんで引っ張られた。脚の間がずきずきするし、お腹もなんだかうずうずしてくる。

それが何を示しているのか、もうエリーゼは完全に知っているから、顔を赤くせずにはいられなかった。

「あっ——でもぉっ……」

ルヴァルトも入浴をすませているのに、なぜ、彼が帰ってきたのに気づかなかったのだろう。馬車が家の前に停まったら、絶対にわかるのに。

「裏口からこっそり入ってきた。エリーゼがこの時間にマッサージをするというのは聞いていたからな。こっそり入ったら驚くかと思った」

「お……驚き——ひ、あぅっ！」

膝立ちになった状態で、身体を上手に支えるのも難しい。それに、今日はいつもと何か違うと思ったら、エリーゼの身体はオイルまみれだった。

「ん――く、あっ……はぅっ……」

もう、まともに会話をするのも難しかった。胸の頂を指でつままれて引っ張られるけれど、ルヴァルトの指もオイルでぬるついていて、引っ張ったとたん、ぬるりと抜けてしまう。

その引き抜かれる感覚でさえも快感になって、エリーゼは完全に混乱した。

「はっ……んんっ……んく……は、あぅ……」

膝立ちの姿勢で、快感を受け入れるのは難しい。ルヴァルトの肩に摑まったまま、身体をただ震わせていたら、ベッドがぎしりときしんで彼もベッドに乗ってきた。

エリーゼを座らせたルヴァルトは、自分の胸にエリーゼの背中を預けるような体勢をとらせた。そうしておいて、肩の上で遠慮なくオイルの容器を傾ける。

「や、あっ――それ……や、あんっ！」

美肌効果のあるオイルはとても貴重なものだ。それなのに惜しみなく彼はオイルを垂らす。

とろりとしたオイルが、肩から鎖骨《さこつ》へ、そうして胸の方へと流れてくる。乳首のすぐ側、色の変わり始める場所を流れ落ちて、思わず声が漏れた。

「ん――く、んぅ……あんっ」

オイルを垂らされているだけなのに、どうしてこんな反応をしてしまうんだろう。右肩の上からオイルを流していた容器が、今度は左肩上へと移動する。

「やぁっ……ふっ……あっ……んぁぁあんっ！」

また、たらり――とオイルが零された。

このオイル、とても高価なもののはずだったのに、と頭の隅をちらりとかすめる。けれど、そんな考えもあっという間に消し飛んでしまった。

「あぁっ……ん――はっ……あぅんっ！」

今やルヴァルトの手も、完全にオイルでぬるぬるだ。

その手で脇腹を撫で上げられ、撫で下ろされ、乳房を下から持ち上げられて揺さぶられ、そのままぽんと放り出される。ささやかなふくらみと言えど、そうされると揺れないわけはなくて、その感覚だけでお腹の奥が熱くなる。

擦り合わせた膝をもじもじとさせていたら、ルヴァルトはさらに信じられない行動に出てきた。

「――あぁっ！」

立てた両膝を、彼はエリーゼの膝の間に割り込ませてしまう。そうされると、エリーゼの両脚は完全にルヴァルトの思うままだ。

彼が膝を開いたら開いただけ、エリーゼの膝も開かされる。腰のあたりに、熱いものが押し付けられて、ますます感じてしまった。

「あうっ――あんっ……ん……は、んぅ……！」

懸命に手で口を押さえ、声を殺そうとする。だけど、久しぶりに触れられる身体は完全に快感を求めていた。

こんなに自分はいやらしかったのだろうか、なんて考えている余裕もない。ルヴァルトはエリーゼが喘ぐのを楽しむみたいに、体中に手を滑らせてくる。

「ほら、オイルでこんなにぬるぬるだ――こっちは？」

「やぁぁっ！」

大きく開かれた脚の間にルヴァルトの右手が滑り込んできた。

その場所は先ほどからずっとどろどろとした蜜を溢れさせていて、指でかき分けられただけで、背筋が快感に痺れた。

「あぁん……あぁぁん、あんっ……もっと――！」

自分がはしたないことを口走っているなんて意識、エリーゼにはなかった。

もっと触れてほしい。もっと強い快感がほしい。ルヴァルトになら、何をされてもかまわない――そのくらい、ルヴァルトに溺れている。

「は、ほら。ここもぬるぬるだ。これはオイルじゃないんだろ？」

「やぁんっ！」

花弁の間に指が沈み込む。彼の言葉にうっかりそこに目をやり、自分が指を呑み込んでいるのを目の当たりにした。

あまりにも淫猥《いんわい》な光景で、ぎゅっと目を閉じる。だけど、それが失敗で、ルヴァルトの与えてくれる快感をより強く感じただけだった。

「こんなにぬるぬるだと、つまむのが難しいな。ほら、何度やってもすぐに逃げてしまう」

「ひぁうっ……あうっ……あぁんっ！」

左手の指は、胸の頂を何度もつまもうとしていた。けれど、オイルで滑る——というより、オイルで滑るふりをしている——ので、すぐに指から離れてしまう。その反動から生じる疼きも、エリーゼを悩ませた。

それに、大きく開かされた脚の間。一番敏感な芽もルヴァルトはつまもうとして、そうしてわざと失敗する。触れられるたびに、そして離されるたびに、頭の先まですさまじい刺激が走り抜けた。

「あっ……やぁんんっ……ん……もっと……もっと……！」

「いつの間にエリーゼはそんなに感じやすくなったんだ？　俺以外に触らせたりしていないだろうな」

「ひあっ！」

いきなり淫らな芽を爪でひっかくみたいにされて、エリーゼは背中をしならせた。

そんなことしていないのに。

エリーゼには、ルヴァルトしかいない。

「ルヴァルト様……だけ……！」

懸命に訴《うった》える。もし、彼がエリーゼの言葉を信じてくれなかったら、どうすればいいんだろう。上半身を前に倒して快感から逃げようとしたら、お腹に手を回して引き戻される。

「あんっ、あぁぁんっ！」

オイルで滑りやすくなっている肌を撫でられるのは、いつもより何倍も感じてしまう。彼の肩に後頭部を押し付けるようにして喘いだら、彼は笑ったみたいだった。

「そうだな、エリーゼには俺だけだ――」

「あっ、あぁぁっ！」

秘めておくべき場所が思いきりさらけ出されて、そこから淫らな水音がしてくる。ルヴァルトはわざと音を立てながら、その場所を激しく刺激してきた。

「んんんっ、あうっ……そこ、だめっ、触っちゃ、だめ――！」

オイルにまみれた指で淫芽を撫でられると、快感が頭の先まで走ってそこで弾ける。泣きながら身体をよじったら、押さえつける腕に力が込められた。

「エリーゼ、このまま。もっと、感じろ――俺に触られるのが、好きなんだろう？」

「あぁ……好き……ルヴァルト様、好き――」

彼に命じられたまま繰り返しているわけじゃない。今、この熱に浮かされた状態なら、きっと本心を告げても見逃される。

好きなのは、彼から与えられる快感じゃなくて――彼自身。

「そうだな。ここをこんなに硬くして、俺に触られるのが好きなんだろう」

「あんっ！」

淫核《いんかく》を指で押し込まれて、一気に達してしまった。中に埋め込まれた指も淫らに蠢《うごめ》いていて、体内のあちこちを擦り上げられるたびに、どうしようもないくらいにぞくぞくする。

「あぁ……ん、あぁ……ほしい……！」

うわごとみたいにエリーゼは口走った。

ルヴァルトがほしい。ここがどこかなんて、もうどうでもいい。先ほどから、腰に彼の屹立《きつりつ》が押し付けられているのもわかっている。エリーゼの願いは、すぐに彼に通じたみたいだった。

「――腰を上げろ」

「ん……」

エリーゼの脚を搦め取っているルヴァルトの両脚に手を置いて、できる限り身体を持ち上げた。

「あうっ！」

あてがわれたそれは、久しぶりだからか焼けそうなくらいに熱く感じられた。

先端が、びしょぬれの花弁の間に触れただけで、どうしようもなく声を上げてしまう。

「ん――あぅ……はっ……ん、あぁ……」

じらすみたいにゆっくりとルヴァルトは押し入ってきた。完全に熟《う》れた蜜路を押し広げられていく愉悦。

きつく収斂するそれを、強引に広げていくルヴァルトも感じてくれているみたいだった。

「ああ、このままじゃ――俺も、我慢できそうにない。もう、一気に行くぞ」

「え……？　あ、あ、あぁぁっ！」

宣言したかと思ったら、ルヴァルトは一気にエリーゼの身体を引き下ろした。

最奥にずしんと突き当たって、そのままエリーゼは快感の頂点まで放り上げられてしまう。

「あぁっ……あっ、あぁぁっ……あんっ……はぁんっ！」

けたたましい声は、どうしたって止めることができない。一番奥までルヴァルトを受け入れて、下から激しく揺さぶられる。

脚は彼の脚に搦め取られたままだったから、脚を閉じることもできなかった。下から激しく揺さぶりながら、ルヴァルトはなおも手を伸ばしてくる。

「いっ……や、あ、あぁぁっ！」

彼自身を受け入れている場所に触れられて、エリーゼは悲鳴じみた声を上げた。それにもかまわず、彼の指は花弁を広げ、彼自身の脇に指を潜り込ませようとしてくる。

「やだ、それ……だめ、無理……！」

懸命に首を振って訴える。ルヴァルト自身を受け入れるだけで精いっぱいなのに、指まで受け入れるなんて絶対に無理だ。

「エリーゼは、心配性だな――エリーゼなら、俺を受け入れられるだろうに」

「やだ、無理！　無理、なのぉ……！」

下からずんずんと突き上げられて、うまく口が回らない。切れ切れの訴えを、それでもルヴァルトは理解したみたいだった。

「そうか――なら、こうだ」

「あ、あぁぁっ！」

オイルを塗りつけるみたいに、胸に手が這わされる。ルヴァルトは先端を手のひらで押しつぶしてきた。

そうしながら、片方の手で淫芽に触れてくる。

胸の頂を指の根元に挟んで震わされ、手のひら全体ではオイルにまみれた乳房を握りしめられる。同時に、一番感じる場所を指先で転がされて、もう泣き乱れるしかできなかった。

「あうっ……あんっ……いく……いっちゃう……！」

頭の中が真っ白で。目の前はちかちかして。

ルヴァルトに教えられた快感は、エリーゼを完全にとらえていた。内部が激しく収斂するのと同時に、またもや絶頂に達してしまう。

もう、今日は何度果てたのか、数えることもできなかった。

「あっ、あっ、あぁっ……！」

揺さぶられるのに合わせて声が上がる。とろんとした目は、快感に支配されていると物語っていた。

ルヴァルトはエリーゼを貪るのに夢中で、どんどん新たな悦楽を送り込んでくる。

「あう――またぁっ！」

くりくりっと淫芽を刺激されて、また悦楽の極致に飛ばされた。ひっきりなしに紡ぐ嬌声に、二人の身体がぶつかる音。身体に力が入らなくて、ただ、彼に揺さぶられるだけ。

「ああ、俺も――イ、く――」

「あああああっ！」

身体を押さえつける動きに力がこもったかと思ったら、彼はひときわ激しく突き上げてきた。最奥にたたきつけるみたいに、勢いよく精が吐き出される。

「はっ――う……」

エリーゼは力の抜けた身体を彼に預けた。本音を言えばそろそろ足を自由にしてほしいのだが、それを訴える気力もない。

ぐったりとしているエリーゼをベッドに横たえると、ルヴァルトはするりとベッドから降りた。エリーゼの記憶に間違いなければ、彼は先ほどまで馬車に揺られていたはずだ。

一方、エリーゼは家でおとなしく勉強していて、彼ほどは疲れてないはず。それなのにこの体力の違いは、いったい何なのだろう。

マッサージを受けている部屋の隣は浴室だ。ルヴァルトは一度そちらに向かうと、すぐに戻ってきて、エリーゼをシーツにくるんで抱えあげた。

この屋敷にはいくつかの浴室があるが、マッサージ室の隣にあるここはさほど広いというわけではない。

ルヴァルトとエリーゼの二人が入ったら、それでいっぱいになってしまいそうな小さな浴槽なので、抱えられて浴室に入った時には、もう浴槽には十分な湯が張られていた。

ルヴァルトはエリーゼを湯の中に慎重に入れると、自分も後ろに入り込んでくる。それだけでざぶんと勢いよく湯があふれ出た。

「二人で入ったら、いっぱいですね」

エリーゼはルヴァルトの肩に後頭部を預けて、そのまま彼を見上げる。

こんな風に彼と一緒にいられるなんて、なんて幸せなんだろう。エリーゼはふふっと笑ったけれど、ルヴァルトはそれだけではすまないみたいだった。

「……あの？」

使いすぎたオイルを流すために、浴室に来たのではなかったのだろうか。ルヴァルトの手が、危険な動きを始めている。

エリーゼがその危険に気づいた時にはもう遅かった。

「あっ……あっ、あんっ」

先ほどまで彼を受け入れていた場所に、すかさず手が忍び込んでくる。慌てて膝を閉じようとしたけれど、彼の方が速かった。

「久しぶりだったからかな、ずいぶんたくさん出してしまった。ほら、溢れてるだろう」

「なっ――し、知りませんっ！」

何もわざわざここまで来て掻《か》き出さなくてもいいではないか。だが、エリーゼの言葉には耳も貸さず、彼は中に押し込んできた指を動かす。

「ん――んっ、んんんっ」

ここは浴室だから、声が反響しやすい。懸命に声を抑えようとしたけれど、先ほどからずっと熱を帯びた身体は、ルヴァルトの手に簡単に陥落した。

「あぁんっ！」

もう片方の手が胸の頂をつまみ上げて、背中をしならせるのと同時に高い声を上げてしまう。湯の中で暴れた拍子《ひょうし》に、また勢いよく湯があふれ出た。

「あ――や、んぁっ……もう……」

頭の中ではいろいろ考えているのに、言葉がまったく出てこなかった。ルヴァルトの腕の中で身をよじり、エリーゼはさらなる快感をねだる。

「それは……いやっ……」

なんとか反転しようと身体をばたばたとさせたら、中に押し込められていた指が抜けた。その機を逃さずに、彼の腕の中で向きを変える。

「この方がいい、です……だって、寂しかったんだもの」

ルヴァルトがいなくて寂しかった。

彼はエリーゼを愛してくれているわけではないけれど、こうやって甘えることは許してくれる。早く、彼にふさわしい存在になるから、ずっと側にいさせてほしい。

「私、ルヴァルト様がいらっしゃらない間、ちゃんとお留守番できました。だから、ルヴァルト様がお帰りになったら、きちんと顔を見てお話したかったの」

彼に抱かれるのは嫌いではない。

嫌いではないというより好きだし、近頃では自分の身体がどうにかなってしまったのではないかと心配になるくらい快感に貪欲になってしまっているのも自覚している。

けれど、それだけじゃなくて。彼とはもっといろいろな話がしたかった。

「キスしてください、いっぱい。十日もお留守にしてたんだから……その分も」

上目遣いにねだると、浴室の明かりでもわかるくらいに、ルヴァルトの顔が赤くなった。

それから、彼はエリーゼの頬を両手で挟む。

「そういうことを言って……あとで泣いても知らないぞ」

「泣きません。だって、ルヴァルト様は私にそんな意地悪はしないでしょう？」

頬を手で挟まれて顔をそむけることもできないから、正面から彼の目を見つめたままエリーゼが言うと、ルヴァルトは喉の奥で唸るような声を上げた。

「本当に、お前というやつは……」

「んっ」

その言葉が終わる前に唇を奪われる。嚙みつくみたいな乱暴なキス。口内をあますところなくまさぐられて息が上がる。

けれど。その乱暴なキスの底に彼の感情が見えている気もするのだ。彼も、エリーゼに会えなくて寂しいと、そう言っているような。

「はっ……あぁっ――あんっ……あ、あっ」

キスしながら、彼の手が乳房に伸びてくる。

「すっかり艶々だな」

「んっ……ちゃんと……はぁんっ」

肌の手入れは怠っていない。ルヴァルトが肌に触れた時に、すべすべ艶々で気持ちいいと思ってくれるように。

だけど、こんな濃密なキスをされながらでは十分に言葉を発することもできなくて、ただ喘ぐだけ。

「やっぱり、少し大きくなった気がする。揉むと大きくなると聞いたことがあるが」

「ああ……」

手のひら全体で乳房を包み込んでいるのに、そんなことまで言わないでほしい。

濡れた舌を積極的に絡め合わせ、エリーゼの方から下腹部を押し付ける。そうすると、先ほど達したばかりだというのに、ルヴァルトもまたエリーゼをほしがってくれているのがわかった。

「ルヴァルト様……？」

こうなったら、もうとことん彼を味わって味わい尽くしてしまえ。

今まで寂しかった分、一度感情を爆発させてしまったら止めるのは難しいことだった。

「はぁんっ――あんっ……や、そんなぁ……！」

彼の手は大きいから、うんと伸ばすとエリーゼの両方の胸を寄せることができる。そうして無理やりに寄せておいて、近づいた乳首に交互に舌が這わされた。

「ひぁっ……あんっ、あぁんっ」

右の乳首が弾かれたと思ったら、今度はそのまま左の乳首に舌が触れる。左右交互に転がされ、押し込まれるようにされて、すっかり感じてしまった。

こんな風に半分強引に乳房を寄せ集められるのも、その中央に顔を埋められるのも。左右をすさまじい勢いで舌が行き来しているのも気持ちいい。

「私……あぁ……ねぇ、お願い――ほしい、です」

エリーゼの方からこうやって「おねだり」をするのは初めてだったかもしれない。けれど、あんなところで情熱的に抱かれて、久しぶりの再会で。恥じらいとか慎みとかそういう類のものは、今は完全に忘れてしまってもいいような気がした。

「それなら、エリーゼが入れろ」

艶めいた声で命じられて、理性なんて完全に消え失せた。

「ちゃんと入れる……入れる、の……」

湯の中に手を伸ばして、自分からルヴァルトのものを探りあてる。何度もエリーゼを貫いてきたそれは、完全に硬度を取り戻していた。

こわごわと握りしめたら、ルヴァルトが幸せそうなため息をつく。

「い……嫌、でした……？」

「嫌なものか。ほら、エリーゼ――早く、エリーゼの中に入れてくれ」

「……はい」

そろそろと腰を上げて、ゆっくりと彼のものを呑み込んでいく。先ほどまでたくましいこの楔に穿たれていたことを考えると、こんなにもじりじり入り込んでくるのは不思議な気分になる。

「はぁっ……んぅ……あぁ……」

最奥までしっかりと呑み込んだら、うっとりとしたため息が零れる。こうやって、正面からルヴァルトを見つめているのは不思議な気分だ。

「気持ちいい、ですか？」

ゆっくりと腰を前後に動かしてみたら、ルヴァルトは満足そうな吐息をついた。

「ああ、気持ちいい。やっぱり――エリーゼの側が一番いいな。今度、国外に出かける時は、エリーゼも一緒に行こう」

「……はいっ！　……あぁんっ！」

勢いよくうなずいた拍子に、気持ちいいところを刺激してしまう。

高い声を上げてしまったエリーゼの様子に、気をよくしたみたいにルヴァルトは笑うと、強く引き寄せて抱きしめてくれた。

第六章　離婚、した方がいいのかしら

ルヴァルトがまた側に帰ってきてくれた。

彼の側にいられるのは幸せなのだが、求められる回数にはやはり困ってしまう。

昨夜は三回、今日はルヴァルトが休みだからと、朝から二回求められて――というか、今日は夕方出かけることになっていた気がするのだが。

昼食を終えてから、のんびりと居間でおしゃべりをしていたはずなのに、なぜか、ソファに押し倒されて、ドレスも半分脱がされている。

「だめと言われても、もう止まらない」

止まらないと言われても困る。

困るのだが、ルヴァルトに触れられると気持ちいいことで頭がいっぱいになってしまうので流されてしまいそうだ。

熱いキス。ささやかな胸を揺さぶってくる手。もう片方の手はエリーゼをしっかりと抱え込んでいて――。

（……やっぱり、無理）

出かける前に体力を消耗するのってあまりよろしくないのではないかという気もするけれど拒めそうもない。

二人がこうしている時には、使用人達も近くにはいないらしいということを最近知ったけれどこんなに翻弄されていていいのだろうか。

そうやって、二人で「のんびりと過ごした」と言い張るにはちょっと無理のある午後を過ごし——夕方になって、出かける支度を始める。

「ルヴァルト様、今夜のドレスはこれでいいですか？」

「今日も可愛らしい——そうだ、これもつけるといい」

今日、何を着るかに迷ってルヴァルトに見せに行ったら、彼は蕩けそうな顔をしてこちらを見つめてきた。

その視線だけで、エリーゼもまた蕩けそうな気分になってしまうのだから、ある意味お似合いなのかもしれない。

「ありがとうございます……でも、この間もイヤリングをいただいたばかりなのに」

結婚してから何度も同じようなことがあって、エリーゼの宝石箱もクローゼットも彼から贈られたプレゼントであふれかえってしまいそうだ。

「これをつけたエリーゼが見たいんだ」

あまりにもたくさん贈られたから、本当にいいのかとちょっととまどう。けれど、懇願するように言われてしまったら、エリーゼに勝ち目なんてあるはずない。

ルヴァルトもそれをわかってやっているのだから質が悪いというかなんというか。

「そう言えば、ブリギットから手紙が来ていたぞ」

「そうなんですか？」

エルミリア王国に行ってしまったブリギットとは、あれ以来連絡が取れていない。手紙をどこに送ればいいのかわからなかったから、先方から連絡が来るのを待っていたのだ。

「しばらくの間、ホテルに滞在していたんだが——今度屋敷を買ったそうだ」

「お屋敷を買ったって、ブリギット様はいつまでお出かけなんですか？　まさか、あちらに永住するとか？」

エリーゼは目を丸くした。

「どうだろうな。その点については、何も書かれていなかった」

ブリギットと連絡を取ることができたのはよかったが、エリーゼには伝言もなかったのでちょっと引っかかる。

いや、ルヴァルトとブリギットは親戚で、昔からの付き合いで。そこにエリーゼが最近加わっただけということもわかってはいるつもりなのだ。なのに、胸の奥がちくりとする。

（どうして……こんな風に思ってしまうのかしら）

別に、ルヴァルトとブリギットの仲を邪推《じゃすい》しているわけではないのだ。ただ、エリーゼにも一言くらい書いてくれたらよかったのに。

（ブリギット様ったら、そんなに忙しいのかしら……）

とはいえ、これで、連絡先がわかったわけだ。

どうせ、ルヴァルトと一緒にいるのだから、彼に手紙を書けば同じことがエリーゼにもきちんと伝わるのは彼女も知っている。ブリギットはきっと、エリーゼの分まで手紙を書くのが面倒だっただけだろう。そう思い込むことにした。

「ルヴァルト様は当分エルミリア王国にお出かけの予定はないですよね？　ブリギット様にもお会いしたいし、もしお出かけになることがあったら、一緒に連れて行ってくださったら嬉しいです」

エリーゼはまだまだではあるけれど、ルヴァルトの妻として少しずつ仕事を果たせるようになっている。今度は連れて行かれても、彼に恥をかかせるような真似はしないですむだろう。

「しばらく出かける予定はないぞ。陛下から押し付けられた仕事も山のようにある」

皇帝陛下は従兄弟でもあるルヴァルトをとても重用してくれている。そのおかげで、ルヴァルトはこちらに戻ってきてからも毎日忙しくしていた。

ブリギットには会いたいと思うが、エリーゼにはルヴァルトを置いて一人で出かけるという選択肢はない。結局、彼女と再会できるのは当分先になりそうだ。

（それにしても、ルヴァルト様もブリギット様も桁《けた》の違うお金持ちなのね）

今、ルヴァルトがエリーゼに渡してくれたルビーのイヤリングは、たぶんものすごく高価な品なのだと思う。

ルビーは小粒ではありながらも色の濃い上質なもので、それが三粒、縦に連なっている。これらがどのくらいの金額になるのか想像もできない。さらに三粒連なったルビーの上に、小さな真珠がついていて、それが可愛らしさを追加していた。

それにブリギットも、エルミリア王国に行ったあと、借家は面倒だと屋敷を一つぽんと買ってしまったと今聞かされた。

屋敷なんて、今までのエリーゼの感覚からしたら一生モノの買い物だ。いや、ブリギットの買うレベルのお屋敷なんて、一生かかってもきっと買えないだろう。

「心配するな。そのイヤリングだって、そんな高価な品じゃない。我が家の財政状況は、安定しているぞ」

「そういうんじゃ、ないんですけど」

やっぱり、ルヴァルトとは釣り合わないなとこういう時しみじみと思ってしまうのだ。

もちろん、贈り物をもらえるのは嬉しい。

贈り物をもらえるのが嬉しいというより、ルヴァルトがエリーゼのために「これが似合うかな」「こちらの方が似合うだろうか」と一生懸命選んでくれたその気持ちが嬉しい。

エリーゼが自分で注文するドレスに文句をつけたことはないけれど、彼が選んでくれるのは明るいピンクとか黄色、さわやかな水色といった可愛らしい色合いのもの。フリルもリボンもレースも、すべてたっぷりと使ったものだ。

（嬉しいのは本当なんだけど……）

うまく言えない。このもやっとする感情に、なんて名前をつけたものかエリーゼにもよくわからない。

何一つお返しできていない気がするというか……。彼の『妻』として恥ずかしくないようにふるまう術《すべ》も心がけてきたけれど、それだって本当にきちんとできているのかと問われたら自信はない。

（マッサージくらいしか、お返しできないんだものね……）

エリーゼにできることと言えば、ルヴァルトが部屋に帰ってきた時に安らげるように、室温に気を配ったり、室内の明るさに気を配ったり、気分を落ち着ける香りを漂わせたりとか、そんなことくらいだ。

それから、その日彼がどんな一日を過ごしたのか確認して、しっかりした食事を用意した方がいいのか、軽めでいいのか。それとも、サンドイッチくらいの軽食があればいいのか——お茶にするか、それともお酒かを考える。

そんなこまごまとした作業の他は、マッサージくらい。そんなの、エリーゼでなくても務まるだろうし、実際、マッサージは今エリーゼの担当についてくれているフランカの方がずっと上手なのだ。

「そんな顔をするな。俺は、エリーゼと一緒にいられて嬉しいんだぞ？　何が気に入らない？」

「違うんです……今いただいたイヤリングに合わせるなら、この間仕立てたドレスの方があうんじゃないかなって考えてたんです」

「——そうか？　今選んだドレスでもいいような気がするんだが」

ルヴァルトは間違っていない。彼が今贈ってくれた品は、エリーゼが選んだドレスにもよく似合うと思う。ただ、エリーゼが自分の気持ちを見せたくなくて、勝手に話題を変えようとしただけ。

「それなら、ルヴァルト様が決めてください。もう一着、運んでもらうから」

だから、心の中で思っていることは、彼には見えないように封じてしまう。甘えた様子で彼の肩に額を押し付けたら、頭頂部にキスが落とされた。

（ほら、ルヴァルト様は優しいもの）

もう少し、このままくっついていたいな——と思ったら、ルヴァルトの手がさっそく怪しい動きを始めた。

「一つ、聞いてもいいですか？」

今、甘えかかったばかりのエリーゼが、つんとした声を出す。

「どうして、スカートの中に手が入ってきて、私のお尻を撫でているんでしょうか」

ついさっきまでこのソファの上で抱き合っていたような気がするのだが、気のせいだろうか。いや、気のせいではない。

今だって、先ほどの快感の名残がまだ腰のあたりに揺蕩っているというのに——そうやって、お尻を撫でられたらまたむずむずしてきてしまうではないか。

「エリーゼのお尻が可愛いのが悪い」

「それ、理由になっていませんよ？」

あんまりな理由なので、たずねておいてふき出してしまった。それからルヴァルトの手をスカートの中から引き出して、ぴしゃりと手の甲を叩く。

「今は、出かける準備をしないといけないから、触っちゃダメです」

「つまり、出かける準備が終わったらいいんだな？」

「それとこれとは別問題だと思うのですが……」

「それなら、さっさと支度を終えてしまおう」

けれど、ルヴァルトはエリーゼの言葉は耳に入っていないみたいだった。

いそいそとメイド達を呼びつけ、エリーゼの部屋からせっせとドレスを運ばせ始める。

結局、それからの時間はエリーゼのドレスを選ぶのに費やされてしまった。

ルヴァルトが選んだのは、ルビーの赤がよく映える赤いドレスだった。

小柄なエリーゼには、すらりとしたドレスより、スカートをふわりとさせて可愛らしさを強調したドレスの方が似合う、というのが彼の言い分だ。

たしかにすらりとしたドレスを身に着けても、身長の低さが強調されるだけなので、エリーゼもおとなしく彼の言葉に従った。

胸元にはドレス本体よりも少し濃い赤いシルクで作られたバラの花。

スカートは白いスカートと赤いスカートを重ねてあって、上に重ねた赤いスカートのところどころをつまみ、そこに胸元と同じ赤い花が飾られている。とても可愛らしいデザインだ。

身動きするたびに、重ねてはいたスカートがゆらゆらと揺れて、夢みたいな気分になる。

(ルヴァルト様と一緒に出かけられるんだもの)

ルヴァルトと一緒に出かけられるなんて――それに、彼と出かけるとたくさんダンスができるから幸せな気分になる。

デビューしてから、ずーっと壁の花だったこともも う遠い昔みたいだ。

会場に入るなり、ルヴァルトは皇帝に呼ばれて行ってしまったから、エリーゼは、衝立《ついたて》の陰に用意されているソファに腰かけて彼を待っていた。

一人用のソファは、背もたれがとても高く、座ると沈み込んでしまいそうなくらいに柔らかい。

小柄なエリーゼが座ると、まるで子供が大人の椅子に無理やり座っているみたいだ。だが、今はそれも気にならなかった。

（ルヴァルト様、早くいらっしゃればいいのに……）

もう、ダンスの時間はとっくに始まってしまっていて、衝立の向こう側からは楽しそうな音楽が流れてくる。

ソファに座ったエリーゼはつま先でとんとんとリズムをとった。それから指も音楽に合わせて振ってみる。

（この曲は、去年流行ったわね。去年は一度も踊れなかったから……）

結婚前はいつも壁際でじーっと音楽を聴いていたから、どの曲にも聞き覚えがある。

ルヴァルトが選んでくれたドレスを撫で、それからまたリズムをとる。こうやって、彼を待っているのも以前はなかった楽しみだった。

その時、休憩所に誰か入ってくる気配がした。話し声からすると三人か四人いるだろうか。

「そう言えば、ヘーラー家のブリギット様はまだエルミリア王国から戻ってこないの？」

聞こえてきた思いがけない名前に、エリーゼはソファの上で身を縮めた。慌ててスカートも引き寄せる。そうすると、エリーゼの姿は完全に背もたれに隠れてしまった。

「それは無理でしょう……だって、ルヴァルト様が結婚してしまったんだもの。心の痛みを消すには、ずいぶん時間がかかると思うわ」

（……ブリギット様が……？　それに、今ルヴァルト様って……）

盗み聞きがいけないことなのはわかっている。

でも……。

うまく隠れられたようで、入ってきた女性達はエリーゼの存在に気づいていないようだった。背もたれの陰で身を小さくし、エリーゼは彼女達の言葉に耳を傾ける。

不愉快な汗が背中を滴り落ち、耳の奥で鼓動がどくどくと音を立てる。それでも、身動きさえできなかった。

「ブリギット様はずっとルヴァルト様に想いを寄せてらしたでしょ」

「あの二人ならお似合いよね？　それなら、なんで結婚なさらなかったの」

「ああでも……ほら、あそこのお家は血が濃いでしょう。だから、仲がよくても結婚はちょっと……と両家のご両親がいい顔をなさらなかったそうよ」

「そう言えば、先代も両家は従兄妹同士でのご結婚でしたものね」

「それで、ご両親が亡くなったあともご結婚なさらなかったのね」

――知らなかった。

ルヴァルトとブリギットが仲の良い従兄妹同士なのは知っていたけれど、先代からそんなに強いつながりだとは知らなかった。

（ううん、私……やっぱり、私がいけないんだわ）

ルヴァルトの親戚関係にもっと細やかに気を配っていたら、今まで気づかないはずなかったのだ。

好き勝手なことを話している女性達の言葉に、耳を傾けてはいけないと思うのに、それでも聞き耳を立ててしまう。

「それなのに、あんな……娘と」

「ブリギット様と結婚できなくて、絶望なさったのではなくて？」

「そうよね、ブリギット様と結婚できないのなら……誰でもいいのでしょうね」

エリーゼが聞いているのも知らないから、彼女達の口調には遠慮というものがまるで感じられない。いや、エリーゼが聞いていたところできっと遠慮なんてしないんだろう。

手がすぅっと冷たくなっていく。

やけにルヴァルトとブリギットは仲が良いとたしかに思っていた。

（でも、ブリギット様からの手紙を、ルヴァルト様は見せてくれなかった……私に見せたくないことが書かれていたから？）

ブリギットから届いた手紙は見せてもらえなかった。

そこに深い理由はないと思い込もうとしていたけれど、ひょっとしたら何か見せたくない事情があったのかもしれない。そんな気さえしてくる。

「なんでも、ずっと壁の花だったという彼女に同情したらしいわよ」

「そうね、あの子、馬鹿みたいにずーっと壁に張り付いていたもの」

どうして、こんなにあしざまに言われないといけないんだろう。

ずっと壁に張り付いていたことも、懸命に着飾って出会いの場に足を運んでいたのも本当のことだ。陰では馬鹿にされているのだろうと思っていたけれど、直接聞かされると改めて衝撃を受ける。

「早くブリギット様がお帰りになればいいのにね」

「そうね……いいご縁に恵まれればいいけれど」

それから、彼女達の話題はすぐに違うものに移っていった。

皇帝の命令で結婚しなければいけないから、目の前にいたエリーゼに求婚してくれたのはわかっていたけれど、その裏にそんな事情があったなんて。

（最初から、わかっていたじゃない……釣り合ってはいないって……）

そこから先は、彼女達が何を話しているのかもエリーゼの耳には入らなかった。

「さあ、いつまでもここにいてもしかたないわ」

「私達も、今日の会を楽しまないといけないものね」

彼女達はしばらくおしゃべりを楽しんでいたけれど、やがて立ち上がって休憩所を出て行く。

彼女達が出て行ってしまっても、エリーゼは立ち上がることができなかった。

(わかっていた、はずなのに……)

エリーゼとルヴァルトでは釣り合わないと。

彼が結婚してくれた理由は、同情でしかないということもちゃんとわかっていたのに、なんでこんなに欲深くなってしまっているんだろう。

彼が、あまりにも楽しそうにエリーゼに触れるから。素敵な笑顔を見せてくれるから。

込み上げてくる涙を押さえようとした手が、彼から贈られたルビーのイヤリングをかすめる。

これを贈ってくれた時だって、彼はエリーゼの反応を気にしてくれていた。

山のように贈られるプレゼントも、どうでもよかった。ルヴァルトが、エリーゼを見て笑ってくれればそれでよかったのに。

どうして、こんなに贅沢になってしまったのだろう。

どうして、欲張ってしまったのだろう。

「うっ……く、ぅ……」

溢れそうになる涙を、懸命にこらえる。

だめ、泣いてはだめだ——。

(だけど、悲しいのは……)

ルヴァルトに愛されていない、という理由だけじゃない。そんなの、最初からわかっていた。

ブリギットが、エルミリア王国から戻ってこないのはエリーゼのせいだということを痛感させられたから。

「ルヴァルトじゃないわよ。どうしてそんな風に思うのかしら?」

出発前、彼女がそう言っていたのは、きっとエリーゼに負担をかけまいという思いやり。

どうして、ルヴァルトとブリギットが結婚しなかったのかはわからない。

きっと、そこには血が濃いという以上の大変な事情があるのだろう。

(私……なんてこと、してしまったのかしら)

最初から釣り合わないってわかっていたのに。

声を殺し、溢れる涙を懸命に押さえつけようとする。それでも、胸のあたりが締め付けられるみたいに苦しくて、どうしても涙が止まらない。

ブリギットはものすごく不愉快だっただろう。愛した人の隣にエリーゼが図々しく居座っているのだから。

「エリーゼ、用件を片付けるのにずいぶんかかってしま——どうした？　待っているのが泣くほど嫌だったのか？」

エリーゼを待たせていたルヴァルトが入ってきて、ぼろぼろ泣いているエリーゼを見たとたん、ぎょっとしたように立ち尽くした。

「どうした？　何があった？　そんな、泣きたくなるほど待たせるなんて、俺はどうしたら」

うろたえて人を呼ぼうとするルヴァルトの袖を摑んで、エリーゼは懸命に引き留めた。

「……お腹が、痛いの」

小さな声で訴えかける。

本当は痛いのはお腹ではなくて胸。自分のせいで何人もの人を不幸にしてしまった罪の大きさに押しつぶされそうになっている。

「——それは、大変だ！」

だけど、病気だと言ったら今度は別の意味でルヴァルトに心配させてしまったみたいだ。

彼はすかさずエリーゼを抱き上げた。

「今夜はもう帰ろう。すぐに医者を呼ぶ——いや、このまま医者に行こう」

「……そこまでしなくても」

「だめだだめだだめだ！　エリーゼの身に何かあっては困る」

――この人は。

どうしてこんなにも優しくしてくれるのだろう。エリーゼには、そんな価値なんてない。

ますます大きくなる罪の意識に押しつぶされそうになって、エリーゼは彼の肩に顔を埋める。

結局、医者に担ぎ込まれたけれど、「新しい生活になれるのに精いっぱいで、ストレスがたまっているのだろう」という診断がくだっただけだった。

帰りの馬車の中でも、ルヴァルトはエリーゼの側を離れなかった。

「大丈夫か？　もう、痛くはないか？」

何も言えないまま、エリーゼはこっくりとうなずいた。

「俺が、もっと気を使ってやればよかったのに」

ルヴァルトが、本当に申し訳なさそうにしているのを見て、エリーゼの胸がまた突き刺されたみたいになった。今度は胃のあたりまで痛くなってくる。

こんなによくしてもらっているのに、ストレスをためるなんて、なんてわがままなんだろう。

本当は違うのだと言いたかったけれど、口にはできなかった。エリーゼとルヴァルトの間にある高い壁のことを考えたなら。

けれど、ルヴァルトはエリーゼに優しかった。馬車から降りてからもしっかりと抱きかかえてくれて、屋敷の中も一歩も歩かせなかった。

お風呂にも連れて行ってくれて、全身ぴかぴかに磨き上げられたのは正直どうかと思ったけれど——余計なことを言うと、彼を困らせてしまいそうだったから、エリーゼはおとなしくされるままになっていた。

「エリーゼ、他には何かほしいものはないか？」

そして、気が付いた時にはあっという間にベッドまで運ばれている。湯たんぽを入れ、毛布にくるみこまれて、ぽんぽんと頭を撫でられた。

「今日は、ゆっくりお休み」

ルヴァルトがそう言って額にキスをしてくれた。でも、それだけじゃ寂しい。

「——行かない、で」

わかっているのに。頭ではわかっているのに、気持ちの方がついてこない。

ルヴァルトをエリーゼが独占しているのは間違いだってわかっているのに手放すことはできなかった。

「一人は……いや、なの」

ルヴァルトの袖を摑んで引き留めたら、彼は困ったみたいに小さく笑った。

「一緒に寝てくれなくちゃいや、です」

どうしてこんな風に甘えてしまうんだろう。

（本当は、私のことをどう思っているの？）

問いただすことなんてできるはずもない。

「エリーゼは具合が悪いんだから一人でゆっくり休まないと」

「だって、お腹痛いんだものっ！　ルヴァルト様が一緒にいてくれないと……もっと痛くなる……から」

こんな風にわがままを言うつもりじゃなかった。毛布の中に潜り込んで首を振る。

どうして、こんな風に自分の気持ちを制御できないんだろう――

「ごめんなさい、大丈夫、です」

これ以上、ルヴァルトにわがままは言えない。

エリーゼがそう言うと、毛布の上から大きなため息が落ちてきた。それから、ぎしりとベッドがきしんで、ルヴァルトが隣に潜り込んでくる。

「今日のエリーゼは、甘えたがりだな……ま、たまにはこういうのもいい」

引き寄せられて、彼の胸に頭を押し付ける。いつまでこうしていられるんだろう――それは、エリーゼ自身にもわからなかった。

◇◇◇

翌日には、エリーゼはすっかり元気になった――とは言えなかったけれど、少なくとも少しだけ気分は上昇した。

ルヴァルトに迷惑をかけるわけにはいかないから、今後のことをきちんと考えなければ。少なくとも、エリーゼが彼のもとを離れれば、これ以上ブリギットに不愉快な思いをさせずにすむ気がする。

(離婚……？　離婚するのがいいのかしら)

だが、エリーゼが離婚したところで、エルミリア王国にいるブリギットのところにまでその話が届くとも思えない。

けれど――と考え込む。今さら離婚したところでブリギットは帰ってきてくれるだろうか。ルヴァルトの隣にエリーゼがいるのを見ないですむだけましだろうか。

ルヴァルトが仕事で書斎にこもっているのをいいことに、庭に用意されているテーブルのところで頭を抱え込んでいたら、ひょっこりクラウスが顔をのぞかせた。

「あら？　どこか具合が悪いのですか？」

昨日エリーゼもお腹が痛いと大騒ぎしたばかりだが、クラウスの方もなんだか顔色がよくない。疲れているように見える。

「そうだねぇ……」

クラウスはもともと割とひょろりとした体型だ。

その彼が、ひょろりというよりぺらぺらになっているから心配になる。確実に厚みが薄れている。頬もこけていて、今にも倒れてしまいそうだ。

「よかったら、座ってくださいな？　お茶もあるし——甘いクッキーだったら、一枚くらい食べられないですか」

エリーゼの前には、山のようにお菓子が置かれている。クッキー、マカロン、マドレーヌにフィナンシェ。一口サイズのチョコレートケーキ。

エリーゼ一人では食べきれないような分量だが、食べきれなかった分は使用人達のおやつに回るので、残してしまうことは気にしなくていいらしい。

エリーゼが誘いをかけると、疲れた様子だったクラウスはすとんと目の前に座った。

（——病気ね、確実に病気だわ）

と、エリーゼは思う。だって、目の下にはクマができているし、顔色も悪い。ぺらぺらになったというのが、最初の印象だったけれどそれだけではすまなそうだ。

「何があったんですか。ルヴァルト様に、相談した方が……」

「——ルヴァルトには、言えないよ」

「どうして?」

「どうしてって……」

がばっと彼がテーブルの上に倒れ込んで、エリーゼは慌てた。

こんなところでひっくり返らなくてもいいではないか。テーブル上に置かれた茶器がたがたと音を立てて揺れる。

「好きな人がいるんだ」

「あら。それは、素敵ですね」

けれど、テーブルに倒れ込んだままのクラウスははぁっとため息をついただけだった。

「相手が悪い……」

「そうなんですか？」

クラウスなら、たいていの女性はお付き合いしたいと思うだろうに。

エリーゼはルヴァルトに夢中なので、ちょっとごめんこうむりたいところだけれど。

「そんな相手なんですか？　本当に？　どうしても、無理なの？　告白したの？　玉砕《ぎょくさい》は？」

「エリーゼ！」

悲痛な声をクラウスが上げて、椅子の上でエリーゼは飛び上がった。

「そんなことができるなら、とっくの昔にしてるよ！　相手は──だって、言えるはずなんてないだろう」

途中まで口を開きかけていたくせに、彼はまたぱたりと倒れ込んでしまった。

(手伝ってあげられるものなら、お手伝いするんだけど……)

テーブル越しにエリーゼはぽんぽんとクラウスの肩を叩いた。

「何も始まってないのでしょう？　だったら、告白くらいはきちんとすべきよ。だって、何も言ってないのに相手に伝わると思ってるのって、ええと……そうね傲慢っていうのよ、きっと」

それは、クラウスだけじゃなくてエリーゼ自身にも向けた言葉だったのかもしれない。

ルヴァルトに結婚を申し込まれて有頂天《うちょうてん》になった。だから、彼からの求婚を何も考えずに受け入れた。

雲の上の人から求婚されて、舞い上がっていた自分が馬鹿だったのかもしれないと、今ならわかる。

――けれど。エリーゼからルヴァルトにきちんと気持ちを伝えたことはなかった。

彼から与えられる厚意と甘やかしをただ受け入れるだけ。何も返していないし、伝えていない自分が傲慢だったのだと今ならわかる。

「……エリーゼ」

「口にしたところで、受け入れてもらえるかどうかはわかりません。でも、言わないで悟ってくれというのは違うと思うんです。目は口ほどにものを言うっていうけれど……言葉にしたって通じないことだってたくさんあるでしょう」

人の気持ちなんて、ちゃんと言葉にしないとわからない。

目線や表情、態度だけで伝わると思うなんて、間違いなく傲慢だ。エリーゼの言葉に、クラウスははっとしたように顔を上げた。

「そうだ——僕は、一度もきちんと伝えていない。本気にしていなかったんだ。彼女の言葉を。彼女はきちんと言葉にしてくれたのに」

「……それって、あまりよくないと思うんですけど」

なんてことだ。

相手がどこの誰なのかは知らないが、クラウスの想う女性は、クラウスにしっかりと気持ちを伝えていたらしい。

「それなら、すぐに気持ちを伝えるべきです！　だって——」

彼と彼女は両想いなのだ。きちんと言葉にして伝えて、そして——。

どうして、彼がこんなに憔悴《しょうすい》しているのかはエリーゼにはわからないけれど。

「ありがとう、エリーゼ！　ルヴァルトに話をしてみるよ」

テーブル越しにがばっとクラウスがエリーゼの手を取る。

「いえ……頑張って……ください……ね……？」

エリーゼがそう言った時、背後からものすごい圧力を感じた。これが殺気というものなのだろうか。

おそるおそる振り返ったら、そこにルヴァルトが立っている。

「クラウス――お前、そこで何してる！」

「えっと、これは」

ルヴァルトのすさまじい声にクラウスは飛び上がった。ついでにエリーゼも飛び上がった。

彼の怒声はすさまじいという噂は聞いていたけれど、まさかこれほどとは思わなかったのだ。

「エリーゼから離れろ、今すぐに、だ」

「――うわあああっ！」

自分がエリーゼの手をがっしりと握りしめていたことに、今気が付いたらしい。クラウスは悲鳴とともにエリーゼの手を離した。

「ごめん、そういうつもりじゃ――」

「消えろ、今すぐに」

「エリーゼは、悪くないから！」

「クラウス！」

どうやら、完全にルヴァルトの頭には血が上っているようだ。クラウスを踏みつけにしそうな勢いで迫る。

それでもクラウスはエリーゼを残して逃走しようとはしなかった。

「エリーゼは、僕の悩みを聞いてくれただけ……頼むから、彼女は悪くない」

「……わかった」

その言葉が終わるか終わらないかのうちに、いきなりひょいと抱えあげられた。

「……え？」

そのまま彼の肩の上に荷物みたいに抱えられる。状況が呑み込めずに、エリーゼは困惑した。

ルヴァルトがエリーゼを抱えあげることはあるけれど、いつもはお姫様だっこしてくれるのに。

「……あの、どこに」

問いかけるけれど、ルヴァルトの返事はない。そのままものすごい勢いで彼は歩き始める。

（なんで、こんなことに）

完全に頭の中は混乱している。抱えあげられたまま、首をひねってクラウスの方を確認したら、両手を合わせてこちらを拝んでいた。

どうやら、エリーゼに詫《わ》びを入れているらしい。彼が詫びを入れる理由なんて、さっぱり理解できないが。

「──あの、ルヴァルト様」

クラウスを一人残してきてしまっていいのだろうか。彼、ルヴァルトに相談したいことがあって来ていたはずなのに。

「俺以外の男に触らせたな」

「……はい？」

そう問われた時には、バァンッと壊れそうな勢いで扉を開かれ、寝室に担ぎ込まれていた。俺以外の男に触らせた？　たしかに触らせた、と言えば触らせた。

「きゃあっ！」

どすんとベッドに放り出される。上質の寝具は、柔らかくエリーゼの身体を受け止めてくれたけれど、エリーゼは混乱した。

いつもなら、もっと優しくそっと横たえてくれるのに──今日のルヴァルトは、ちょっと、いや、だいぶおかしい。

「んんんっ……や、あぁっ！」

ベッドに放り出されたかと思ったら、荒々しく彼がのしかかってきた。強引に唇を奪われ、口内を蹂躙《じゅうりん》される。

息を継ぐ余裕もエリーゼには与えられなかった。

舌をまさぐられ、強い勢いで吸い上げられる。それと同時に、来ていた服の上から乳房をわしづかみにされた。

彼は力が強い分、いつだってエリーゼに触れる時は慎重だった。けれど、今日はその慎重さもどこかに行ってしまったみたいで、力任せに摑まれる。

「んんっ、んん、んぅっ！」

苦しい。息を上手にすることができない。何より、ルヴァルトが怖い。

ぷちんと音がして、ボタンが弾け飛ぶのがわかった。強引にドレスが腰のあたりまで下ろされる。下着も一緒に。

恥ずかしくて両手で胸を覆おうとするけれど、その手をシーツの上に払い落とされる。

「──隠すな」

低い声で命じられて、エリーゼはおののいた。

シーツに払い落とされた手をどうしたらいいのかわからず、そのままぎゅっとシーツを摑む。今日のルヴァルトは、何かおかしい。

そうしておいて、彼はスカートの中に手を入れてきた。腿の内側をものすごい勢いで擦り上げられる。

快感とは程遠い感覚に、エリーゼの背中を冷たいものが流れ落ちる。

どうして、こんなことになっているんだろう。考えてもわからなかった。

「ルヴァルト……様……？」

震える声で名前を呼ぶけれど、彼はエリーゼの声なんて耳に入っていないみたいだった。

「やぁっ！」

勢い任せにドロワーズが足先から抜かれる。シーツの上で足をばたばたさせたけれど、彼の力にかなうはずもなかった。

「やっ——や、あぁぁっ！」

両脚を大きく広げられ、その間に彼の視線が集中する。乾いたその場所を指でなぞり上げられて、エリーゼは悲鳴を上げた。

快感なんてまったく覚えない。痛みの方がはるかに強い。

「——濡れてるはずもないか」

ぼそりとルヴァルトが言って、思わず膝を合わせそうになる。けれど、足の間には彼がいるから、いたずらに彼の身体を締め付けるだけだった。

「いや、お願い——ルヴァルト様……怖い……！」

今日のルヴァルトは、どこかおかしい。

怖いと訴えかけるエリーゼの声も耳には入っていないみたいだ。そうしておいて、彼はいきなり足の間に顔を埋めてきた。

「ひ——あぁっ！」
熱い粘膜が花弁に触れて、思わず背中をしならせる。
彼の与えてくれる感覚は、いつだって強烈だが、そこに舌で触れられて、快感というよ
り羞恥心が襲いかかってくる。
「あぁっ……やっ、どうして……あ、あぁぁぁぁっ！」
それでも、舌で敏感な場所を舐められれば、快感に近い感覚が身体を走り抜ける。それを
完全に快感と認識できないのは、たぶん彼のことを怖いと思っているからだ。
エリーゼはベッドの上の方にずり上がって逃げようとするけれど、しっかりと足を抱え
込まれているのでそれもできない。
「ぁ……あふっ……！」
恥ずかしい声を響かせてしまいそうになって、慌てて手で口を覆った。こんな風に感じ
るのはどこか間違っている。
だって、これはルヴァルトと愛を重ねるための行為じゃないから。
「あぁ——！」
それでも、結婚してからずっとルヴァルトに抱かれてきた身体は従順で、エリーゼの意
思とは裏腹に快感を拾い始めた。
「んんっ……んっ、あっ……あぁっ！」

ルヴァルトの言葉には、首を左右にふる。そんな風に言わないでほしい――自分の身体が、おかしくなっているのを痛感させられるから。

「少し濡れてきたな」

「ん――あぁっ！」

身体は反応してしまう。だけど、身体と心は裏腹だ。こんなルヴァルトは怖い――そう思っているのに、勝手に

声を響かせたくなくて、懸命に口を閉じる。手にしたシーツを引き寄せて、それを嚙んだ。ぎりっと音がしそうなくらいに嚙み締めていても、濡れた舌で敏感な芽を転がされたら、唇の端からくぐもった嬌声を上げてしまう。

「んんんっ……ん、くぅ――！」

花弁の間に舌が潜り込んでくる。左右の襞《ひだ》を交互に舐められ、合間に上唇で淫芽を刺激されたら、とろりとした蜜があふれ出た。

それを舌の先ですくい上げ、淫芽に擦り付けるようにされたら、腰にどろりとした愉悦が押し寄せてくる。

感じていると認めたくなくて、膝を抱えあげられた状態でつま先だけをばたつかせた。

「あっ――ぁあっ！」

嚙んでいたシーツが、あっさりと唇から離れて、背中をしならせる。二本の指を一度に

押し込められて、鈍い快感と痛みが半分半分の感覚を送り込まれた。

「はっ……ん……ん、んん、あぁっ！」

淫芽を左右に転がされ、中で小刻みに指を動かされる。逃げ出したくても、強い力で押さえつけられていては、逃げることもできない。

「や……あぁ、ルヴァルト様……あっ、あぁっ！」

折り曲げた指が、蜜壺の天井を突き上げる。ぴんっとつま先が伸びた。一瞬にして、すさまじい快感が、頭の先まで走り抜けていった。

「や、こんなの……」

自由な上半身を左右に揺さぶるけれど、ルヴァルトはそんなエリーゼの様子を気にも留めていないみたいだった。

「——あっ！」

くるりとひっくり返されたかと思ったら、腰にまとわりついていたドレスとシュミーズが一気に引き抜かれる。

身体に残されているのは、腿の半ばまであるシルクのストッキングだけ。ベッドの上を這って逃げ出そうとしたら、両手を腰の後ろで束ねられた。

怖い——こんなの、怖い。

たしかに身体は快感を得ているのにルヴァルトが怖い。目から、ぼろぼろと涙が流れ落ちる。流れ落ちた涙をシーツに吸い取らせたけれど、それも彼を止めるにはいたらないみたいだった。

かすかな衣擦れの音がしたかと思ったら、足の間に熱いものがあてがわれる。それと同時に、彼が身に着けている衣服の感触も触れてきた。

下衣をくつろげただけで、ルヴァルトは一気に押し入ってきた。

「——あぁぁんっ！」

響いたのは、悲鳴まじりの嬌声。あまりにも一気に押し入られたので、目の前が真っ白になった。

「いや……ルヴァルト様……きつ……い……！」

ルヴァルトは身体が大きい分、彼自身も巨大だ。

小柄なエリーゼに負担をかけないようにと、毎回丁寧に慣らしてから入ってくるのに、今日はそれもなかった。

一気に隘路を広げられ、その圧倒的な重圧感に目の前が真っ赤に染まる。

「ひうっ……んっ……あ、あぁぁんっ！」

今日のルヴァルトは変だ。どこかおかしい。

けれど、言葉にできなくて、ただ喘ぐことしかできなかった。

最初からルヴァルトは遠慮しなかった。細い腰を強く掴み、最奥までがつがつと穿って

くる。腕に力が入らなくて、エリーゼは上半身をシーツに横たえたままだった。

「――あっ……ん、んんんっ！」

勢いよく引き抜かれ、どろりと蜜があふれ出る。こんな時でも身体はちゃんと反応するものらしい。また奥まで一気に貫かれて、頭の先まですさまじい衝撃が走る。

「はぁっ……んん、んんんっ！」

ルヴァルトがエリーゼの両脇の下に手を差し入れてくる。強引に上半身を持ち上げられた。

「やっ……あっ、あっ……あっぁあっ！」

声を遮るものがなくなって、高い声を響かせた。

上半身を持ち上げられて、穿たれ、時々膝がベッドから浮き上がってしまいそうになる。そのたびに、体重の大部分が彼とつながっている場所にかかって、より奥まで彼を受け入れることになった。

「――あっ……ん、んん、んんん！」

片方の手で顎を摑まれ、強引に彼の方に顔を向けられる。呼吸さえも奪われそうな勢いで口内を貪られて、半分意識が飛んだ。

「も――もぅ……！」

こんな風に抱かれては身体が持たない。涙まじりに訴えたら、彼はますます強い律動を送り込んできた。

エリーゼの身体はぐらぐらと揺れて、頭の中は真っ白のまま。それでも、内部は勝手に収斂して、強くルヴァルト自身を締め上げた。

「――あぁっ！」

身体の奥を貫いたものから、放たれる熱い飛沫。内部を濡らし上げられ、ふっと意識が遠のいた。

こんなの――ルヴァルトではない。では、誰がエリーゼを抱いたのだろう？

「エリーゼ？ ――俺は、なんてことを！」

身体を離され、シーツの上に倒れ込んだら、焦った声が遠くから聞こえてくる。

「……行かないで」

回らない口で懸命に訴えた。

ルヴァルトにはどこにも行ってほしくない。ここに、エリーゼの側にいてほしいのだ。

口移しに、体温が移って少しぬるくなった水が流し込まれる。それをごくりと呑み込んでうっすらと目を開いた。

「ルヴァルト様？」

よかった。今の彼はいつもと同じ顔をしている。

「――すまない。俺は……言い訳のできないことをした。エリーゼは、こんなに小さくて華奢《きゃしゃ》なのに……」

「意外と頑丈だから、大丈夫……です」

側でうなだれているルヴァルトの腕を掴んで引き寄せようとするけれど、エリーゼの力では彼を引き寄せることはできない。

「お願い、ルヴァルト様。ぎゅってしてください」

「しかし！」

どうやら、今手荒く抱いたことに対し、ルヴァルトはものすごい罪悪感を覚えているらしい。

「……ここに、いてほしいんです」

エリーゼが重ねて懇願すると、彼はようやく隣に身を横たえてくれた。よいしょ、と彼の身体の上によじのぼり、ぴたりと彼の上に寝そべる。

たぶん、今のは八つ当たりなんだろう。確信は持てないけれどそう思った。

「嫌なことでもあったんですか？」

エリーゼがたずねたら、ルヴァルトはようやくエリーゼの身体に手を回してくれた。

「クラウスに——触れさせていたから、だ」

「クラウス様に？」

なんで、ここでクラウスの名前が出てくるんだろう。

「クラウス様がどうかしました？」

「――あれは、女性にモテるから。俺と違って。エリーゼもあいつの方が好きになるんじゃないかと思った」

「そうなんですか？」

エリーゼは、ルヴァルトの顔を見上げた。

(ルヴァルト様は、こんなに素敵なのに)

「でも……私……」

ぴったりと素肌を重ね合わせたままなのになんだかとても恥ずかしい。意味もなくぐしぐしと額を彼の胸に擦り付けた。

「わ、私は……ルヴァルト様が好き、です……」

「そうなのか？」

慌ててルヴァルトが起き上がるから、彼の上から転げ落ちそうになる。

「そうですよ！　なんで、わかって……ううん、私、たぶん、ちゃんと言ったことない……」

さっき、クラウスに偉そうなことを言ったばかりなのに。

「私はルヴァルト様が好き、です。うーんと、好き」

「……すまなかった。怖かっただろう」

その言葉にはううんと首を横に振って、またしっかりとしがみつく。

「……怖かったなんて、そんなこと、ないです」

本当は少し怖かったけれど、それは言わないことにした。なんだか、ルヴァルトが気にしてしまいそうだったから。

「ただ、クラウス様……好きだった女性がどこかに行ってしまったみたいで。ちゃんと告白しましょう！　ってお話してたの」

甘えた仕草でエリーゼはルヴァルトにすり寄った。

なーんだ、ルヴァルトはエリーゼを怒っていたわけではなかったのだ。

だから、もう問題ない。ルヴァルトにぴったりとくっつくと、エリーゼは静かに目を閉じて、彼の呼吸に静かに自分の呼吸を合わせてみる。

「ルヴァルト様、クラウス様の好きな人って知ってますか？」

「いや。そろそろ結婚相手を決めなければとは言っていたが……」

「気持ち、ちゃんと通じるといいですね」

どこの誰かは知らないけれど……クラウスもいつまでもあんなぺらぺらのままじゃ気の毒だ。

彼に何度も気持ちを伝えた女性がどこの誰なのかさっぱりエリーゼにはわからなかったけれど、クラウスが彼女に会えたらいい。

「……ルヴァルト様。あのですね……キス、してください」

「エリーゼ？」

それは、仲直りしようという合図。キスし始めたらそれで終わるはずないとわかっていたけれど、それでもよかった。

第七章　大団円で新婚旅行！

ルヴァルトと仲直りができたというだけで、エリーゼは安堵してしまう。

それに彼もエリーゼのことが好きだと言ってくれた。だから、嬉しい――とても、嬉しい。

クラウスとはあれから何度か顔を合わせたけれど、彼はエリーゼに悪いことをしたと思ったみたいで、エリーゼと会う時は常に慎重に距離を空けている。

想い人に気持ちを伝えたいとは思うけれど、彼女の方がクラウスの訪問を拒《こば》んでいるらしい。なんでも外国に行っているそうで、手紙のやりとりだけでも時間がかかるのだそうだ。

そんなある日、ルヴァルトは困った顔でエリーゼのところに来てくれた。

「エリーゼ、しばらく留守にするがかまわないだろうか。ブリギットから手紙が来た」

「ブリギット様から？　どうかしたんですか？」

ブリギットはあいかわらずエルミリア王国に滞在中だ。周囲がうるさいのでまだ当分帰ってくるつもりはないらしい。

「あいつはあいつで好きな男がいるらしいからな。可能性が皆無《かいむ》だというから、相手が既婚なのだろうと思っているが」

とは、ルヴァルトの台詞だ。たしかに相手が既婚ならば、ブリギットがいくら想いを寄せようが無理だ。

あれからルヴァルトに聞いてみたら、ブリギットとルヴァルトの間には、縁談なんて最初からなかったそうだ。お互い好みのタイプではないらしい。

「どうやら、困ったことに巻き込まれたらしい。俺に助けを求める手紙をよこしたんだ」

「そうなんですか？　それなら、すぐに行ってあげてください！　あと、私にお手伝いできることはありますか？」

「いや、大丈夫だ。今回、クラウスは置いていく」

「わかりました！　近寄りません！」

以前、クラウスとうっかり接近して、ルヴァルトにやきもちを焼かせてしまったことがある。エリーゼはしっかり反省したし、同じ失敗はしないと宣言したけれど、ルヴァルトは首を横に振った。

「そういうわけじゃない。クラウスをちょっと……頼む。今回は連れて行くわけにはいかないからな」

「……わかりました」

あれ以来、なんだかぺらぺらになったクラウスは今でもぺらぺらのまま。

ルヴァルトが強引に連れ出して食事をさせたり、一服盛って無理やり寝かせたりしているらしいけれど、仕事にも身が入っていないそうだ。

もっとも、昨年一昨年とものすごく忙しかった反面、今は少しのんびりしていてもいいので、仕事にはさほど支障は出ていないらしい。

さすがに一服盛って無理やり寝かせるのはエリーゼには無理だが、時々様子を見に行くことくらいならできる。

そんな会話があった翌日には、ルヴァルトは旅立ちの支度を終えていた。

エリーゼも、ルヴァルトの見送りに出る。

「行ってらっしゃいませ、ルヴァルト様」

「すまないな。エルミリア王妃の出産祝いを届ける役も受けているから、本当はエリーゼにも一緒に行ってほしかったのだが、クラウスを放ってはおけないからな」

ブリギットからの手紙が来なかったとしても、エルミリア王国に誰か行かないといけなかったそうだ。皇帝陛下は、ブリギットからの頼みを幸いに、ルヴァルトを使者に立てることに決めたらしい。

ルヴァルトと一緒に出かけられないのは残念だが、今回はここで任された役目がある。

不満ではない。

「クラウス様の様子を見たら、お手紙を書きますね」

「すまないな。エリーゼになら、安心して任せることができる。留守の間頼むぞ」

(ルヴァルト様が、私を頼りにしてくださった)

結婚以来、彼がエリーゼを頼りにしてくれたのは初めてではないだろうか。彼の期待を裏切らないようにしなければ!

「さて、この間にいろいろと頑張らないといけないわね」

俄然やる気になって、思わず独り言が零れ落ちた。

教会の手伝いもしばらく行っていない。ルヴァルトの名前で孤児院に寄付をして、それから公爵家の名で建てる新しい病院の計画をたてて。孤児院も病院もいくらお金があっても困る者ではないから、バザーもそろそろ企画した方がいいかもしれない。

公爵家夫人としての皇帝陛下と皇妃陛下との謁見《えっけん》は、しばらく先だからまだ心配しなくていい。

あとは領地から上がってくる報告書に目を通して、ルヴァルトに手紙を書かなければいけない。誰か信用できる人にルヴァルトのところまで持って行ってもらおう。

忙しく計画を巡らせていたら、真っ青な顔になってクラウスがやってきた。

「エリーゼ、ルヴァルトが出かけたと聞いたんだが――」

「ええ。お出かけに……ブリギット様から助けを求める手紙が来たんですって。皇帝陛下もきちんと手伝うようにとおっしゃったそうで、今朝出かけて行きました」

「なんで、俺に話をしてくれないんだ！」

エリーゼの目の前で、クラウスは床に崩れ落ちた。ものすごくうちひしがれてしまったようで、立ち上がることもできないみたいだ。

「どうかしました……？」

「ブリギットは——なんで、ルヴァルトに手紙を書いたんだ」

「だって……ルヴァルト様は従兄弟でしょう。助けを求めるなら適任だと思うのですが」

「それなら、僕でもよかったのに」

「——でも、今のあなたは無理でしょう？　だって、体調が悪いのに」

エリーゼは首を傾げた。だって今のクラウスは病人だ。彼がブリギットの手伝いをできるとは思えない。

「だけど！」

不意にクラウスが声を強める。

その様子を見ていて、エリーゼの頭の中でパズルのピースがようやくはまった。

ブリギットがずっと好きだった相手。気持ちを告げても本気にしてくれなくて。

何度気持ちを告げてもめげなかったブリギットの心が折れたのは。

たぶん——ルヴァルトの結婚がきっかけだ。

ルヴァルトがエリーゼと二人になる機会には、ブリギットは常にクラウスの側にいた。何度もブリギットがクラウスを引きずっていくのを見ていたし、その逆も見た。それなのに、なんで今まで気づかなかったんだろう。

好きな人に受け入れられなくて、少し疲れていたブリギット。

好きな人が遠くへ行ってしまったと憔悴しているクラウス。

ルヴァルトもエリーゼも今まで気づかなない方がどうかしていたのだ。

「ブリギット様が好きなんですね」

「——なぜ！」

「だって、思ったんです。クラウス様、ブリギット様がいなくなってからすごく元気なくなったもの」

本当に、どうして今まで気づかなかったんだろう。どこからどう見たって、お互い好きあっているのは明白なのに。

「……何度も、好きって言われたんだ。だけど、僕はそれを信じていなかった」

エリーゼの前にいるクラウスは、とても難しい顔をしている。

「どうして、あなたのことを好きって言われたのを信じなかったんですか？」

「そりゃ、ルヴァルトが隣にいるのに、僕に見向きするはずないだろう。それに、ずっとブリギットにはルヴァルトの方がふさわしいと思っていた」

「それは……どうでしょう」

以前、クラウスにエリーゼが気を向けるのではないかと心配していたルヴァルトも、なんだか同じようなことを言っていた気がする。

この二人、仲はいいのに――いや、仲がいいからこそ相手を買いかぶりすぎていたのかもしれない。

だいたい、周囲の人達の話を総合するならば、もし両想いだったとしても二人が結ばれるには超えなければいけない山がたくさんあったというのに。

「――ブリギットのところに行かなくては」

不意にクラウスが立ち上がる――そのとたん、彼の身体がぐらりと揺れた。

「無茶ですよ、クラウス様。だって、そんな身体じゃ旅なんてできないでしょうに」

「でも、行かなくては！」

クラウスにこんな風に言われてしまったら心配になってくる。

「私が行きます！　大丈夫――ブリギット様はちゃんと助けるので安心してください」

エリーゼは決めた。

ここで、こんな風にここで待っているのは不安だ。このまま、待っているわけにはいかない。

「あ、僕は……」

「クラウス様は、お留守番です！　そんな体調で行ったところで途中で倒れるのがオチだからだめです。だから、私、行ってきます！　ブリギット様のことも心配だもの」

クラウスは何か言っていたけれど、エリーゼの耳には入らなかった。

◇◇◇

こんな風に長時間一人、馬車に乗って旅をするのは初めてだ。

結婚前の旅行は家族そろって出かけていたから、馬車は常にぎゅうぎゅう詰めだった。

こんなに広い公爵家の馬車を独り占めするなんて、ものすごく贅沢だ。大急ぎで積んだ荷物が、馬車の後ろでがたがたいっている。

エルミリア王国は、とても風光明媚《ふうこうめいび》な地だ。エリーゼは窓の外をじっと見る。

こんな光景、見たことがなかった。どこまでも花が咲いていて、のどかな光景が広がっている。

（ルヴァルト様と一緒に、旅行で来られたらよかったのにな）

ルヴァルトがブリギットの買った屋敷に滞在しているのは知っている。だから、エルミリア王国に入るなり、真っ先にそちらに馬車を向かわせた。

ます」


「エリーゼ、どうしてここに？」

「ルヴァルト様に直接……お話したいことがあったんです。それをすませたらすぐに戻ります」


　出迎えてくれたブリギットは、エリーゼを見るなりぎゅっと抱き着いてきた。エリーゼは、ブリギットに抱きしめられて悲鳴を上げる。

「まあ、エリーゼ。来てくれてすっごく嬉しい！　私、あなたに会いたいと思っていたのよ。でも、ちょっと困ったことに巻き込まれてて……あなたにはなんて言ったものかわからなくて手紙には書けなかったの。ごめんなさいね、心配したでしょう」

　ブリギットからの手紙に、エリーゼ宛ての伝言が同封されていなかったのはそういうことなのかと初めて知った。

　ブリギットの話によれば、ブリギットはこちらに来て「とある貴族」に口説かれたそうだ。

　その「とある貴族」とは、エルミリア王国の王族につながる男性であり、下手に断ると国際問題になりかねない相手ということだった。

「――どうしてもって言うなら、まあいいかなって思わないわけじゃなかったけど……私って本当にダメ人間なのよねぇ。一瞬だけまあいいかなって思ったけど、やっぱりありえないなって思ってしまって……母の代なら問答無用で政略結婚させられていたでしょうね」

と、ため息をついた彼女は、エリーゼの方を見てもう一度ため息をつく。

「あとで面倒なことになるのがわかっていたから、ルヴァルトに助けを求めたのよね」

「皇帝陛下にも手紙を出しただろう——俺を助けによこせと」

「だって、クラウスに頼むの腹がたつんだもの」

ブリギットはつんと顔をそむける。

それでようやく置いてきてしまったクラウスのことを思い出した。そうだ、クラウスもブリギットのことが好きなのだと——彼女がいなくなってものすごくうちひしがれていたと、伝えたいのに。でも、なんて言ったらいいんだろう？

エリーゼの口からクラウスの気持ちを代弁するのもものすごく違う気がするし。

まごまごもごもごしているうちに、ブリギットはエリーゼの方を振り返った。

「……まあ、ルヴァルトがうまく片付けてくれたし、そろそろ戻るわ。いつまでも迷惑をかけるわけにもいかないものね」

「——迷惑なんかじゃ」

だけど——ブリギットは、ふぅっとため息をついた。

「いつまでも逃げているわけにもいかないし。そろそろ帰って、一生独身でいる覚悟を決めないと。この屋敷は誰かに貸せばいいわね」

「ええと、それは」

「それにしても、エリーゼ。あなたずいぶんしっかりしてきたわ。一人でここまで来るなんて誰も想像していなかったと思うの」

思い立って来てしまっただけなので、そんな風に褒められてしまうとちょっと違う気がし照れてしまう。

「だって、あなたが心配だったんだもの！」

「エリーゼ、あなたうちに来ない？」

エリーゼとブリギットがキャッキャとしている横で、ルヴァルトは少々不満そうだった。

彼がいなかったら、こうしてここにいることもなかったのだから、当然かもしれないけれど。

「それでですね、ブリギット様、あの……私、言わないといけないことがあって」

「ブリギット！」

エリーゼがここに来た理由を説明しようとした時、クラウスの声がしてエリーゼは大慌てで振り返った。

（……来ちゃったし！）

置いてきたはずのクラウスがここにいる。

しかも——なんだか、エリーゼが出てくる時より少しだけ元気になっているようだ。

「ブリギット、君を愛している——てっきり、君は、ルヴァルトが好きなんだと思って——」

「馬鹿じゃないの？　私、あなたに何度気持ちを伝えたかしらね？」

目の前でいきなり始まった光景に、エリーゼはうろたえた。

この場合、ここに立っていていいんだろうか。いや、立ち去った方がいいのだろうけれど。今、動いたら二人にエリーゼの存在を察知されてしまう。

（……この情況で、忘れ去られているというのもびっくりなんだけど！）

二人の様子を見ているのもはばかられるし、視線はどこにやるのが正解なんだろう。いっそ目を閉じようか。

「まったく！　私はね！　ルヴァルトみたいな筋肉まみれの男は好みじゃないのよ！」

不意にブリギットが大声を出して、クラウスが飛び上がる。

「私の好みは、あなたみたいな、殴ったら飛びそうな人が好きなの」

——そこで殴るという言葉が出てくるのはありなのかどうなのか。

けれど、そこはエリーゼが口を出せるところではなさそうなので、口を閉じておくことにした。

筋肉まみれってあんまりないい方だけど……ちらりとルヴァルトに目をやり、それからちらりとクラウスに視線をやる。

ブリギットがいなくなってしまってから、すっかり傷心のクラウスは、今やルヴァルトの半分しかなさそうだった。

だけど、ブリギットの前に膝をついて、彼は真剣にブリギットの顔を見上げた。

「君がいなくて寂しかった——」

そんな二人の様子を見ながら、ルヴァルトはひそひそとエリーゼにささやく。

「エリーゼ、お前、クラウスに何を言ったんだ？」

「好きなら、ちゃんと伝えないとって……ひゃあっ！」

エリーゼの台詞が終わる前にルヴァルトはエリーゼを抱え上げた。

「あっちはあっち、俺達は俺達——だろ？」

なんだか、こんなこと前にもあった気がする。気のせいだろうか。

だけど、前回持ち上げられて運ばれた時とは違って、ちゃんとルヴァルトはエリーゼを横抱きにしてくれる。

彼の肩にしがみついて、肩越しにちらりとそちらを見たら、ブリギットがクラウスの頭をひっぱたいたところだった。

「ルヴァルト様！　大変！」

「ブリギット！　何もいきなり叩かなくても！」

エリーゼの言葉と、クラウスの声にちらりと肩を見たルヴァルトは、くすりと笑ってそのまま扉を開く。

「は？　冗談でしょう？　何を今さら——お断りよ！　お断り！」

断った！　ブリギットは、せっかくの求愛を断ってる！

クラウスをあきらめるためにこの国に来て、生涯独身の決意を固めて。ようやくクラウスが迎えに来る勇気を振り絞った時には遅かったということか。

（……ああ、クラウス様がぐずぐずしてたから……！）

エリーゼがかっくりとルヴァルトの肩に顔を伏せると、ルヴァルトはぽんぽんと背中を叩いてくれた。

「いいんだ。あの二人はあれで——」

長い廊下を、彼の腕に抱えられて進む。

「よくないですよ！　ようやくクラウス様が勇気を振り絞ったのに！」

「いいんだって。エリーゼにもすぐわかる」

ルヴァルト一人がわかったような顔をしているのが、なんとなく面白くない。ぷくっとふくれたのを、彼に見られないように顔は肩に伏せたままだった。

「それに、俺達も話さなければいけないことがたくさんあるな。離れてみて思ったんだが、やっぱりエリーゼが側にいてくれないとだめみたいだ」

「私も……あなたと一緒にいたい……です。ずっと、好きです」

もう大人なので、留守番ができないわけではない。だが、ルヴァルトと離れているとやっぱり寂しくてどうしようもなくなってしまう。

好き、というエリーゼの言葉に彼は顔をほころばせたけれど、自慢げに胸も張ってみせた。

「言っておくけど、俺の方が先に好きになったんだぞ。三年前、初めて見た時から、ずっとそうだった」

「初めてって……?」

ルヴァルトが、エリーゼを初めて見たのは、あの時テラスではなかったのか。

彼はそのまままっすぐ進み、こちらで彼が宿泊しているらしい部屋へとエリーゼを運び込んでしまった。

ルヴァルトはすとんとソファに腰を下ろし、エリーゼは彼の膝の上に横抱きにされる。

「――いつ、ですか? 私、テラスでお会いしたのが初めてだと思っていたんですけど」

「あれは……」

彼の唇がエリーゼのこめかみに触れる。それから、額に瞼《まぶた》の上に。頬にも。

「あれは、俺が視察する陛下に同行した時だった。エリーゼは、そこでバザーの手伝いをしていた。愛くるしい笑顔でホットチョコレートを売っている姿に、一目で恋に落ちたんだ」

「――嘘。あの時のこと、覚えてらしたんですか？」

それきり、エリーゼは言葉を失ってしまった。だって、ルヴァルトがあの時のことを覚えているとは思わなかったのだ。

たしかにエリーゼはルヴァルトと初めて会った時のことを覚えている。いったい、いつから好きになってくれたのだろうと思っていたけれど、結婚したばかりの頃は愛されていないと思っていたし、彼と気持ちが通じたあとはそんなことを聞くつもりはなかった。

今、エリーゼを好きになってくれたのならばそれでいいと思って。

「当たり前だ。ホットチョコレートを差し出すたびに、他の男に微笑みかけるからはらはらしてたぞ」

「でも……」

エリーゼは彼の肩に顔を伏せた。

だって、彼は、三年前にエリーゼを知っていたというのなら、どうして声をかけてくれなかったのだろう。

「なにせ、初めて会ったのは出陣する前日だったからな。戻ってきたら求婚するつもりだったんだ」

エリーゼは、その時まだデビューの予定はなかった。そのあと急にデビューすることになって――でも、壁の花だった。出立前に慌ててクラウスが手を回した結果、「ライムント子爵家の令嬢に手を出してはいけない」ということになっていたらしい。

「それなら……去年は、連絡してくだされればよかったのに」

と、ちょっとだけ不満顔になってしまった。

ルヴァルトが連絡をくれていたら、あんな風に惨めに壁際に立っている必要もなかった。おとなしく家で彼が迎えに来てくれるのを待っていた。

「去年は、あのままグウィディア王国との講和会談に駆り出されていただろう。シーズンが始まる前に戻ってくるつもりだったんだが、長引かされた。それで、先方から手紙を書いたんだがな」

でも。彼からの手紙なんて届いていない。ルヴァルトから手紙が届いていたならば、両親はきっと大騒ぎしていたはずだ。

「その手紙は、届かなかったみたいだな。どうやら、俺の書いた手紙を積んだ船が沈んだらしい」

「ああ、そんなこともあったかも……交易船が沈んだって。遠いよその国の話みたいに思ってたんですけど」

昨年、手紙や荷物をたくさん積んだ交易船が沈んだという話はエリーゼも聞いていた。だが、エリーゼには関わりがないと思っていたので、あまり気にもしていなかったのだ。

「俺も、戦後処理で忙しくしていたからな。船が沈んだとは聞いていたが、まさか俺の手紙を積んだ船だとは思っていなかった」

ちょっとした、不幸な行き違いもあったのだそうだ。

ルヴァルトの手紙は、予定より早い船に乗せられたから届いていなかったわけだが、ルヴァルトもグウィディア王国内を転々としていたし、国のためにやらねばならない大仕事を抱えていたから、私的な手紙を受け取りそびれても気に病んでいる余裕もなかったそうだ。

「——だが、戻ってきて驚いた。エリーゼの両親に、戻ったら求婚すると連絡したつもりが、あんな噂になっていたからな」

出発前にクラウスが『手を打った』のがよかったのか、悪かったのか。貴族達の間では「エリーゼに求婚したらリーデルシュタイン公爵に締め上げられる」という噂となって伝わっていたらしい。それでは、誰も誘ってくれないはずだ。

「……そんな事情があったなんて」

たぶん、両親もその話は知らなかったと思う。知っていたら、あんな風に母がエリーゼをダンスに誘ってくれるよう頼んで回る必要もなかったわけで。

「俺は、そんなに怖いんだろうか。貴族達がこぞって口を閉じてしまうほどに」

「そんなことはないと思うんですけど……」

とは言ったものの、貴族達の気持ちもわかってしまった。エリーゼが男性だったら、ルヴァルトを敵に回してまで求婚しようとは思わないだろう。

戻ってきたルヴァルトは、壁の花になってしまったエリーゼに、なんて言えばいいのかわからなかったらしい。

それを聞けば、これ以上彼を責めるわけにもいかないと思った。

「エリーゼが出席するパーティーになんとか向かったはいいが――あまりにも愛らしくて、声をかけるのがためらわれた。テラスに出て、気持ちを落ち着けてから誘おうと思ったんだ」

それに――壁際にぽつんと立っているのを見たら、ものすごい罪悪感に襲われたのだとじたばたしながらルヴァルトは告げる。

そんな彼を見ていたら、なんだかとても愛おしくなってきてしまった。

「ごめんなさい。私、何もわかっていなかったの」

ルヴァルトからプロポーズされて本当に嬉しかった。

彼を愛している。

「ルヴァルト様……私、あなたが好きです。ううん、愛しているの」

ただ、彼に甘やかされるだけじゃなくて、彼と一緒に歩いていきたい。

「だから、あなたの隣にいたいんです。あなたの役に立って……それから、あなたのために私にできること、全部したいんです」

彼の顔を引き寄せて、そして、彼の頬に唇をつける。

エリーゼの方から、彼の唇に自分の唇を重ねた。そうして、舌の先で彼の唇をくすぐってみる。

「エリーゼ、そういうことをしたらどうなるかわかっているんだろう?」

「わかってるから、やるんです」

彼の背中に手を回し、ぐいぐいと口を押し付けた。二人の吐息が混ざりあって、そうして、心までつながったみたいな気がする。

指を絡めて手をつないで、そうやってキスしていたらルヴァルトは勢いよくエリーゼを押し倒した。

「今夜は、絶対に寝かせてやらない」

という宣言と共に。

◇◇◇

「え? 君達は帰らないのか?」

出発するルヴァルトとエリーゼを見送りに来てくれたクラウスは、二人が皇帝一族の持つ別荘に向かうと聞いて驚いたような声を上げた。

その隣でブリギットがにやにやしている。結局、おさまるところにすべておさまったのだと思う。

「当たり前だ。新婚旅行にも行けていないんだぞ」

「ふざけるな！　どれだけ仕事が山積みになっていると思って——」

そうくってかかったクラウスに向かい、ルヴァルトはふふんと鼻を鳴らした。

「あのな、俺がここまで来て、山ほど仕事がたまったのは、お前のせいだ！」

「……そ、それは——それを言われると僕が弱いって、君わかってて言ってるだろう」

「当たり前だ！　新婚旅行ぐらいさせろ！」

結局、クラウスがブリギットの告白を本気にしなかったのがすべての元凶だ。

クラウスがもっとブリギットに真摯に向き合っていれば最初からこんな面倒なことにはならなかった。

でも——と、こっそりエリーゼは思う。

クラウスの気持ちもわからなくはないのだ。ルヴァルトがすぐそばにいたら、ちょっと自信を無くしてしまってもしかたない。

「少しは悪いと思っているのなら、俺に協力しろ！」

「ええと、でも……本当に、いいのかしら」

だって、ルヴァルトの仕事って基本的にとても大変な気がするのだ。

エリーゼがおろおろしているうちに、そのまま馬車に押し込まれた。

「いいの、気にしないで。あとは私がなんとかするから——大丈夫。クラウスの扱いはわかっているもの」

ブリギットがにっこりとして、エリーゼはちょっぴり背中が冷たくなった。たぶん、クラウスはこの先ずっとブリギットのお尻に敷かれることになりそうだ。

二人を乗せた馬車が軽やかに走り始め、背後から二人を見送ってくれるクラウスとブリギットの声が追いかけてきた。


「……んっ」

エリーゼの声が小さく響く。その声は、馬車の振動に紛れている——と思いたい。

懸命に声をこらえているエリーゼをからかうみたいに、脚の間に入り込んだルヴァルトの手が意地悪に動く。下着の中に手を差し入れられ、花弁の間をかき回されて、車内に淫らな水音が響いた。

とりあえず緊急事態が起きない限り、ぜーんぶクラウスに任せてしまって、皇帝一族の持つ別荘に向かっているところだ。

そんなに大事がそうそう起こるわけでもないだろうけれど、ルヴァルトくらいの立場になると、きちんと居場所を教えておくのはものすごく大切なことらしい。

ルヴァルトと二人きりで一週間別荘に滞在するそうだ。

二人で過ごせるのは嬉しいけれど——だからって、移動の最中にまで手を伸ばしてこなくてもいいじゃないかと思う。

「だめ……あっ、ん」

中で指を動かされて、また、声が上がった。

やっぱり、無理だ。ルヴァルトと一緒にいるとエリーゼまでなんだかおかしくなってきてしまう。

「ふっ……あっ、あ、ん、あぁっ！」

がたん、と馬車が揺れて、その拍子に思いがけないところを擦り上げられた。そのとたんに軽く極めてしまって、エリーゼは動揺した声を上げる。

「はぅっ……だめ、もう……」

「こんなことで音を上げては困るな。別荘に着いたら——」

「ば、ばかぁっ！」

ルヴァルトが不穏な笑みを向けて、動揺したエリーゼは、彼の背中をひっぱたいた。彼の体力が底抜けなのは知っている。

それに付き合わされるエリーゼの方は……毎回限界ぎりぎりだ。たまに限界点を超えていることだってある。

移動の間ずっと喘がされ続け、馬車が別荘に着いたあとも、エリーゼは動くことができなかった。ルヴァルトは、片手でぐったりしているエリーゼを抱え、意気揚々と馬車から降りる。

使用人達がずらりと並んで出迎えてくれるのには手を振ってこたえるルヴァルトだったけれど、エリーゼの方はそんな余裕もなかった。

（……この格好で入るのって、何か違うと思うのよ――！）

いや、これは新婚旅行だ。

だから、いちゃいちゃなのだ。いちゃいちゃなのは間違っていない。

なんとか自分にそう言い聞かせようとしているけれど、別荘の使用人達の前で、抱えられたまま担ぎ込まれるとは思ってもいなかった。

風光明媚な湖の近くにある土地に連れてきてもらったのではなかったか。この地に到着してから、周囲の景色なんてほとんど見ていない。

部屋に担ぎ込まれるまでにエリーゼが見たのは、ずらりと並んだ使用人と、別荘の庭だけ。いや、別荘の庭だって、ルヴァルトがさっさとエリーゼを担ぎ込んでしまったから、ちらっとしか見ていない。

そしていきなり寝室だ。

素早いというかなんというか、そもそもいきなり寝室にこもる二人のことを使用人達はどう思っているんだろう。

手足をばたばたさせてみるが、ルヴァルトにはかなわないことくらいもう何度も思い知らされている。

「——だめ、ですっ！　もうっ！」

ぽんっとベッドの上に放り出されて、見上げたのは天井。

あ、見たことのない天井だな——と瞬時にして現実逃避する。こんなの、エリーゼの知っている新婚旅行とは違う。

「何がだめなものか。ブリギットが面倒ごとを持ち込んでくるから、エリーゼと離れないといけなかったんだぞ」

そうやってむくれているルヴァルトが愛おしい——と思ってしまうのは、やっぱりエリーゼもどこかおかしくなっているのかもしれない。

「それは！　わかりますけど！　私だって……私だって、寂しかった、し」

なんとなくルヴァルトに踊らされているみたいで面白くない。ぷいと顔をそむけてもごもごと口にする。

もちろんルヴァルトがエリーゼのことを好きだと言ってくれたのは嬉しいし、エリーゼだって大好きだし——でも、やっぱり。

「こういうのって違うと思うんですよ。私、まだ湖も見ていないんですよ？」

一応、そう言ってはみたけれど、なんとなく自分の分が悪いのはエリーゼも理解していた。だって、こうやってベッドに横になって、すぐ側に彼がいるのだ。

胸がどきどきしない方がどうかしているし――お腹の奥の方が熱くなり始めているのも否定できない。

「なんだ、エリーゼは湖が見たかったのか」

「……だって、来たことないんですもん。ルヴァルト様は何度もいらしてるんでしょうけど」

子爵家にいた頃だって、年に一度くらいは旅行をしていたけれど、この地は皇帝の直《ちょっ》轄領《かつりょう》の中にあり、めったなことでは他の貴族は立ち入りを許されない。

だから、エリーゼはこの湖を見たことがなかったのだ。

「それなのに、そういうのを抜きでこうやっていちゃいちゃするのは……あ、嫌じゃないんです！　嫌じゃないんですけど……！」

わかりやすくルヴァルトがしょげた表情になった。

エリーゼの言葉にいちいちうろたえているルヴァルトが可愛い、なんて言ったら怒られてしまいそうな気もする。その言葉にルヴァルトはにやりとした。

「――湖を見たら、いちゃいちゃでもいいんだな？」

「いちゃちゃですか」

「ああ。思いきりいちゃいちゃする」

「思いきりですか──ええ、まあ……かまいません……けれど……」

彼の言葉を繰り返し、エリーゼはすぐに後悔した。思いきり、いちゃいちゃ。

ルヴァルトの口から出るその言葉ってものすごく危険な気がしてならない。

「ええと、やっぱりですね──！」

「エリーゼ、一度口から出た言葉は取り返しがつかないんだぞ」

にやりと笑ったルヴァルトが、エリーゼを片手で抱えあげて、窓の方へ向かう。そこはバルコニーへの出入り口となっていた。

カーテンを勢いよく払いのけ、ルヴァルトはそのままバルコニーへと出る。

「……わあ！」

慌てて彼の首にしがみついたエリーゼは、歓喜の声を上げた。

「すごいですね、ルヴァルト様！　私、こんな……こんな景色があるなんて想像したこともありませんでした！」

エリーゼの口から上がったのは、本当に素直な感想だった。

日はだいぶ西に傾いていて、大きな湖の表面が綺麗なオレンジ色に染まっている。水面でキラキラしているのは、湖に住んでいる魚達だろうか、それとも光の反射だろうか。

やっぱり、いきなりいちゃいちゃじゃなくてよかった。自然の景色なんて、一分一秒ごとに変わってしまう。

同じ景色は二度と見ることができないのだから——ルヴァルトと一緒に見られて、本当によかった。

「——とても綺麗……んっ！」

やっぱり、ルヴァルト相手に油断したのは失敗だったかもしれない。

彼の方へ顔を向けたら、唇に音を立ててキスされた。相手がルヴァルトだから、まあいいけれど。

「私、船にも乗ってみた——あんっ」

言葉の途中で、もう一度、キス。

エリーゼの言葉は途中で完全に封じられてしまった。

今度は音を立ててキスして離れたかと思ったら、エリーゼの唇を誘うみたいに舐めてくる。

「……もうっ」

憤慨《ふんがい》してみたけれど、エリーゼの方も悪い気はしていないのだからたいがいだ。もう一度舌で唇の合わせ目をつつかれて、ちょっとだけ唇を開く。

そうしていると、彼の舌が強引に中に潜り込んできた。

「はぅ……あっ……あぁ……」

何度キスしても、慣れることはないような気がする。唇を合わせるだけでも、身体から力が抜けそうになるのに。こうやって優しく口内をまさぐられたら、エリーゼの思考なんて簡単にぐずぐずに溶けてしまうのだから。

「船に乗りたいと言っていたな。明日にでも用意させよう」

「あっ……ホント……?」

「明日の朝は、ここで朝食をとって」

キスしながら、ルヴァルトがささやく。エリーゼはうっとりとしながら、彼の言葉に応じた。ここで朝食をとって、という言葉と同時にバルコニーに置かれていたベンチにそっと下ろされる。

「ここで……?」

「朝の新鮮な空気はいいぞ。朝食がおいしく感じられる」

「あっ……んぅ……」

ベンチに身を横たえられて、ルヴァルトが首筋に舌を這わせてくる。濡れた舌で舐められた首筋は、湖の空気に触れてひんやりとした。

「やっ、あっ……」

彼の思うままにされるのはなんだか悔しくてばたばたしていたわりに、エリーゼの方も単純だ。身体がどんどん熱くなってきて、ルヴァルトの与える快感に反応し始めている。

「あっ……あんっ……もっと……見たい、のに……」

ベンチに横たえられて、ルヴァルトをなじる声でさえもこんなに甘ったるい。エリーゼ自身にも、自分の言葉に説得力皆無なのはわかっていた。

ルヴァルトと一緒にいたいし、彼の与えてくれる快感だってもっとほしい。だけど——。

「……ああ、そうだな。景色を見るのも大切だな」

ルヴァルトはひょいとエリーゼを抱えあげた。彼の膝の間に座らされて、そのまま背中を彼の胸に預ける。

座った体勢になったら、キラキラした湖の景色がもう一度目に映る——はずもなかった。

「やっ、あんっ、あぁんっ！」

エリーゼを自分の膝の間に抱えたルヴァルトは、片方の手でしっかりと逃げられないように抱え込んでおいて、もう片方の手で胸にいたずらをしかけてくる。

結婚してから少し大きくなったふくらみを下から持ち上げるようにして震わせる。そうしながら、指の先で頂をつついてくる。

「んんっ……ん、ん——！」

首を振って逃げようとしても、傾けたのとは反対側の首筋に舌が這わされてくるのだから逃げられるはずもない。

先ほどまで馬車の中でいたずらをしかけられていたというのもあって、エリーゼの意思は簡単に崩された。

別荘の使用人達にろくな挨拶もしていないのに。

心の奥の方で、往生際《おうじょうぎわ》悪くそう思う。

与えられる快感から逃れようとぎゅっと目を閉じても無駄な努力。湖を眺めるどころではなくて、ルヴァルトの与える快感に貪欲に溺れていく。

「あぁ……ん、んん、んんんっ！」

懸命に声をこらえようとしているのは、声を響かせてしまいたくないから。誰も周囲にはいないだろうけれど、湖には船が出ていたような気がする。

「あっ……ん……あぁっ、あっ、あっ！」

ルヴァルトの肩口に後頭部をすりつけるようにして喘ぐ。

いろいろもったいぶってはみたけれど、エリーゼだって彼がほしいのだ。彼と離れている時間もあまりにも長かった。

「やっ、もっと……もっと、キス、したい――！」

快感だけじゃ物足りない。もっともっと愛情表現がほしい。

自分からキスをおねだりしたら、ルヴァルトはすぐに背中のボタンを外してきた。旅行用のドレスがさっさと腰まで引き下ろされて、白い肌が露わになる。

「んっ……ふっ……んっ……ふぁっ……」

エリーゼの唇から上がるのは、艶めかしい吐息。

舌を絡めて口内をかき回されながら、胸を大きな手で包み込まれる。ルヴァルトの手はとても意地悪で優しくてちょっと乱暴で繊細で。

エリーゼの快感をどうやったら引き出すことができるか完璧に知っているから、エリーゼはどうしたって彼にはかなわない。

「日没の光の中で見ると、エリーゼの白い肌が染まって見えるな。こういうのもたまには悪くない」

「あぁ……」

肩越しに彼の視線がエリーゼの乳房を見つめている。白い肌は、日没の光の中でいつもとは違う色に染まって見えた。

そうしながら、両胸の頂を同時にこね回されて、つきりとした愉悦が下腹部に流れ落ちていく。

「あぁ……あんっ……あぁん……」

こんな幻想的な光景の中で、こんないかがわしいことをしている。そう思うだけで、ますますお腹がじんじんしてくるのだから、本当に自分はどうしようもないのだとエリーゼは思った。

「あぁ……ひっ、あっ……あぁんっ！」

きゅっと両胸の先端を当時に引っ張られる。それに合わせて肩が跳ねた。

靴の中でつま先が丸くなって、快感をこらえようと無駄にあがく。

「私、だって……寂しかった……」

ぐずぐずと甘える口調で訴える。

「俺だって、エリーゼがいないからさっさと帰ろうと思ってたんだ」

今度はこりっと中に押し込まれた。また、嬌声を上げてしまって、エリーゼの頬が染まる。

「――ルヴァルト様、好き」

彼の膝の上でもぞもぞと向きを変えた。

「湖が見たいんじゃなかったのか？」

「……また、ゆっくり見るからいい、です」

湖を見たいというのも嘘ではなかった。美しい光景を見ることができて満足した。

でも、今は――ルヴァルトの顔を見ていたいのだ。

「エリーゼの顔が赤くなっているのも、今はあまりよくわからないな。赤くなっているんだろう？」

「知りません……！」

ルヴァルトが胸のふくらみに顔を寄せてくる。ルヴァルトの唇を避けようと上半身をよじったら、乳房の間にキスされた。

ルヴァルトは両方の手でささやかなそれを寄せ集めて、できたわずかな谷間に顔を埋める。

「あぁ……もっ……あんっ……」

エリーゼの腰がもぞもぞとする。

先ほどから送り込まれてくる快感のせいで、身体はすっかり深い悦楽を求めるようになってしまっていた。

ルヴァルトの手がスカートを捲り上げて中に入り込んでくる。

「バルコニーでだなんて……すごく、はしたなくて――あぁっ！」

シルクの靴下と腿の境目を、ゆっくりと指が撫でる。繊細なレースのそこを撫でられて、思わず息をつめた。

「そうだな、すごくはしたなくて、でも気持ちいい――だって、エリーゼの顔がそう言ってるぞ」

「……意地悪」

エリーゼはルヴァルトの肩に顔を伏せた。

そうだった、ルヴァルトはその気になればいくらでも意地悪になれるのだった。

薄いレースの上を指が撫でて、また甘いため息が零れ落ちる。はっと息をつめて、次の衝撃にそなえようとしたら、ぴんっとレースが弾かれた。

「やぁんっ！」

「エリーゼ、腰を上げろ」

低い声でルヴァルトが命じてくる。彼がこうやって命じてくる声音が好き——なんて、悔しいから言ってやらない。

それでも素直に腰を上げる。彼の膝の間で膝立ちになったら、今度はお尻の方へと手が伸びてきた。

お尻を揉んだり撫でたりしながらも、彼の唇だって休むことはしない。鎖骨に舌が這わされ、キスされ、エリーゼが身体をしならせたらすぐに乳首が吸い上げられる。

「やぁん、あんっ、あぁんっ……あっ、あっ——」

いつになってもルヴァルトにはかなわないんだろう。エリーゼがむくれてみたり、すねてみたりしたって、彼に触れられたらそんなのどうでもよくなってしまう。

足の間がうずうずとして、物足りなさに腰をくねらせた。

ルヴァルト一人が涼しい顔をしているので、なんだかとても負けた気分だ。

だから、エリーゼの方からも手を伸ばす。

ルヴァルトの襟に手をかけて、乱暴にクラヴァットを解いて放り投げた。いつかも、同じようなことがあった気がする。

それから、シャツのボタンを全部外してしまって、ベルトに手をかけた。

引き締まった腹部を撫でながら、じぃっと上目遣いに彼を見上げる。自分の行動が正しいのかどうなのか――エリーゼにはわからなかったけれど、思いきってそのまま下衣にも手をかけた。

「……あっ」

けれど、吐息をこぼしたのはエリーゼの方だった、エリーゼが服を乱していくのをじぃっと見ていたルヴァルトが、そっと背中に手を滑らせたからだ。

だから、ベルトを外そうとしていた手も、途中で止まってしまう。

「……だめですっ……わ、私だって……」

どのくらいルヴァルトが好きなのか見せないと気がすまない――なんて、やっぱりどこかおかしいだろうか。

「はん……だめですってば！」

エリーゼがベルトを外そうとするたびに、ルヴァルトは背骨に沿って撫でたり、お尻を撫でたり、時には乳房に戯れをしかけてきたりする。

そのたびに手から力が抜けてしまって、ルヴァルトに対抗することなんてできなかった。

「……んんっ……あっ、あっ、あぁんっ！」

ようやくベルトを外し終えた。そうしておいて、下着の中に手を差し入れる。

自分から触れたそれはとても熱くて硬くて、思わずごくりと喉がなった。

手で輪を作るみたいにして上下に扱く。先端の少し張り出したところを集中的に弄ったら、ルヴァルトがたまらなそうな声を上げた。

「こら、そんなことどこで覚えてきたんだ」

笑いまじりに問われて、エリーゼは唇を尖らせた。

「どこでって……ルヴァルト様以外、ありえませんっ！」

エリーゼのすべてはルヴァルトのものなのだ。だから、ルヴァルト以外の人になんて教わるはずないのに。

「……本当に、ルヴァルト様は」

ひときわ強く指で締め付けられたら、ルヴァルトが上半身を揺らした。どうやら、そうやりながら手を動かすとひときわ感じてくれるらしい。

彼の弱点に気づいたみたいで、嬉しくなる。エリーゼにだって、彼を気持ちよくすることができるのだ。

（……そう言えば）

ルヴァルトが留守の間に、頑張って図書室の書物も読んだ。棚の後ろの方に夫婦の営みについて書かれたものがあったのだってちゃんと読破ずみだ。

そろりとバルコニーの床の上に降りてルヴァルトの足の間に膝をついたら、彼が困惑したみたいに見下ろしてくる。

「――ええと」

膝をついたままではよかった。だが、目の前にある『ソレ』に困惑する。生々しくて肉々しくて大きくて――。何度も彼とは肌を重ねてきたけれど、今まで間近で見る機会はなかったのだ。思っていた以上の存在感に、目を丸くしてまじまじと見つめてしまう。

(こ……これを、口で――)

ルヴァルトだって、エリーゼの一番大切な場所に口づけてくれる。だったら、エリーゼだってお返しをしてもいいはずだ。

だが、こんなに巨大なもの、口に入るのだろうか。

じーっとそれを見つめていたら、ルヴァルトはエリーゼが何をしようとしているのかに気が付いたみたいだった。

「こら、やめろ、やめなさい――エリーゼはそんなことしなくてもいいんだ！」

慌てた様子で彼が頭を引き剝がしにかかるけれど、エリーゼの方だってこうなったら意地だ。

「だめですっ！　決めたんだものっ！」

思いきって、唇を当てたが、初めての生々しい感触にぎゅっと目を閉じた。目を閉じたまま、先端の張り出したところに舌を這わせてみる。

ルヴァルトが低く呻いた。その声音から、彼がきちんと感じてくれていることを悟る。

「んぅ……ん、んむっ……」

世の中の女性は、こんなに巨大なものを口に含んでいるというのだろうか。唇を彼の大きさに合わせた輪にして、顔を上下させる。

先端が喉の奥に刺さりそうでちょっと怖い。それに、口内に今まで知らない味が広がってくる。

「こら――うぅっ」

ルヴァルトの声が上ずっているのがわかるから、エリーゼもますます張り切った。懸命に舌を這わせ、唇を使って扱く。口内で巨大なものがますます大きさを増し、びくりと跳ねた。

「やめ――やめろと言ったんだ！」

肩を摑んで、引き離された。

やっぱり、エリーゼでは満足できないのだろうか。じわりと涙をにじませて彼を見上げたら、彼は慌てた様子で手を振った。

「ああ――ええと、だな。エリーゼにそうされるととてもまずい……」

「私……下手ですか……？」

「って下手だからというわけではなくっ！」

ぽろっと涙をこぼしたら、ルヴァルトはものすごく焦ったらしい。エリーゼの涙を指で懸命に押しとどめようとするから、泣き出したのが申し訳なくなる。

「エリーゼにそうされると――だな。その……暴発……しそうになるから、困る――」

彼の口からそんな言葉が出てくるとはまったく思っていなかった。少しでも、感じてくれているなら嬉しかった。

「本当……ですか……？」

「本当だ。エリーゼの口の中になんて出すわけにはいかないだろう――だから」

あ、しまった。と思った時には遅かった。

エリーゼの涙が引っ込んだのを悟ったルヴァルトは、素早くエリーゼを膝の上に抱き上げてしまう。

「こんなにとろとろになっているのなら、俺のだってすぐに入るだろう？」

「ひぁぁっ！」

ルヴァルトは、馬車の中は別として、ここに来てからは秘所には全然触れていない。お尻だの脚の付け根だのはさんざん撫でられたけれど。

「ほら、エリーゼ――エリーゼを抱きたかった。今日は朝からずっと我慢してたんだぞ」

「あ――ん、あぁぁっ」

朝からずっと、だなんてとんでもない発言だ。昨夜だって、久しぶりに顔を合わせたと思ったら、朝まで寝かせない宣言通りに貪ったくせに。

エリーゼの身体をやすやすと持ち上げておいて、ルヴァルトは身体の位置をずらしてきた。

熱杭の先端が触れただけで、期待にぶるりと身体が震えた。そうしておいて、じわりじわりと腰が落とされる。

じらされ続けた挙句に与えられた快感に、エリーゼの身体は簡単になじんだ。大きくて太くて、いつもなら受け入れるのは難しいそれをすんなりと呑み込んでしまう。

「あぁっ――んんんんっ！」

エリーゼの唾液で濡らされていたからか、痛みはさほど覚えなかった。それよりも、ルヴァルトに満たされている、その嬉しさの方がずっと大きい。

「……ルヴァルト様はっ！　体力あまってる、から――あぁんっ！」

腰を強く掴まれ、勢いよく穿たれたら、エリーゼに抵抗なんてできるはずはない。自分から下腹部を擦り付けるみたいにして快感を得ようとしてしまう。

「言っておくけどな、今の俺は余裕がない――それは、エリーゼのせいだ」

「し……知りません――あぁんっ！」

口での奉仕を、彼は結局気に入ってくれたのだろうか。だけど、今、エリーゼにそれを教えてくれるつもりはなさそうだ。

ずんっと奥を突き上げられて、エリーゼは嬌声を上げた。

「やぁっ……声、出……ちゃう……！」

声を響かせてしまうのは恥ずかしい。この周囲には誰もいなかったとしても、だ。

エリーゼを下から突き上げ、揺さぶってくる彼の方も言葉の通り余裕がなさそうだ。エリーゼの顎を摑んだかと思ったら、ぶつけるみたいなキスをしかけてきた。

肉厚の舌が、エリーゼの舌を搦め取り、吸い上げる。彼のキスに、また上がりかけた嬌声は完全に吸い取られた。

「……明日は、船に乗せてやれそうもないな。エリーゼをずっと抱いていたい」

「あぁっ、あんっ！」

ずっと抱いていたいって、屋敷にいる時だって夜も朝も抱いてるじゃないか——とは言えなかった。

深くえぐるようにエリーゼを貫いて、ルヴァルトが律動を速めてくる。すぐにでも絶頂に押し上げられそうで、エリーゼは懸命に彼の首にすがりついた。

「ん、一緒……一緒、がいい……」

下から揺さぶられながら、エリーゼは懸命に訴える。達するなら、一緒がいい。

わかった、とルヴァルトがささやいて、さらに追い上げるように腰の動きを変化させる。

腰を強く摑まれ、奥に強く先端を押し付けるようにされた。そのまま小刻みに突き上げられて、簡単にエリーゼは絶頂へと押し上げられてしまった。

「あっ……あ、あぁぁっ！」

「次は、一緒に——いこう——」

熱を帯びた声でささやかれて、それだけでまた昇天しそうになる。

彼についていくのはとても大変だけれどすごく——幸せだと思った。

エピローグ

「ヴィルフリート！　勝手に行ってはいけません！　レナーテの手を放してはいけません」

と言ったと思うのだけど？」

エリーゼの言葉に、先に行っていたヴィルフリートが振り返った。四歳になった長男は、ちょうど今がやんちゃざかりだ。

二歳の妹、レナーテと手をつないで歩くのは、どうやら面倒らしい。ルヴァルトによく似た黒い頭をぶんぶんと振って、ぷいっと先に行ってしまう。

「……もうっ」

エリーゼは両手を腰に当てた。

せっかく家族旅行に来たというのに、ヴィルフリートは自分の気分次第であっちに行ったりこっちに行ったりだ。エリーゼの言うことなんて聞きやしない。

近頃では、なんだか舐められているような気さえしてくるから男の子はやっかいだ。

「本当に、言うことを聞かないんだから！」

この年になって身長が伸びるわけもなく、エリーゼは子供とたいして変わりない身長のままだ。

ヴィルフリートが十歳になる頃には、完全に抜かれてしまうのではないかとびくびくしているのは、ルヴァルトも知らないはず。エリーゼだけの秘密だ。

「ヴィルフリートはしかたがないな。ほら、レナーテ。お父様のところにおいで」

エリーゼの背後から大股に歩いてきたルヴァルトは、ひょいとレナーテを抱えあげた。

レナーテも兄同様、ルヴァルトと同じ真黒な髪をしている。けれど、まっすぐなヴィルフリートの髪と違い、くるくるふわふわしているのはエリーゼの髪質を受け継いだからだろう。

歩いていくルヴァルトと、彼の肩越しにきゃっきゃと手を伸ばしてくるレナーテを見て、エリーゼは口元を緩めた。

ルヴァルトと結婚してから六年。無事に二人の子供に恵まれた。

ルヴァルトの熱愛ぶりを考えれば、毎年身ごもっていてもおかしくはない――けれど。

「こら、ヴィルフリート。お母様はなんと言ったのだったかな？」

「うわぁっ！」

ヴィルフリートに追いついたルヴァルトは、もう片方の手でヴィルフリートを軽々と抱き上げてしまう。

「お母様はなんと言ったんだったかな？」

「レナーテと手をつないで歩きなさいって」

「では、なぜお前はそうしないんだ？」

ルヴァルトと目があうまで身体を持ち上げられ、じぃっと間近から見られるのは、子供にとってはけっこうな恐怖のはずだ。

ヴィルフリートがびくりとしたのを見て、エリーゼは小さくふき出した。

「ごめんな、さい……だって、楽しかった、から」

「楽しいのはわかるぞ。お父様もそうだからな。でも、レナーテは一人で歩くと転んでしまうかもしれない。ちゃんと手をつないで歩けるな？」

「うん！」

「違う、返事は『はい』だろう」

「はい！」

元気よく返事をしたヴィルフリートを下ろすと、ルヴァルトは続いてレナーテを下ろした。

「にぃ、たま」

上手に『お兄様』と呼ぶのはレナーテにはまだ難しいらしい。だが、妹に呼ばれて、ヴィルフリートは自信満々の顔になる。

「よし、兄様と手をつないで歩くぞ」

乳母達が二人に付き添って歩いていくのを確認してから、ルヴァルトはこちらに戻ってきた。そうしておいて、エリーゼの肩を引き寄せる。

「もう一人くらい、作りますか？」

彼の身体にもたれかかりながら、エリーゼはたずねた。

ルヴァルトの子なら、何人いても可愛いと思う。

「そうだな……それは、悩ましいところだ。エリーゼに負担がかかるのが困る」

そう、ルヴァルトの溺愛っぷりを考慮したら、もっとたくさんいてもいいのだ。

だが、ヴィルフリートもレナーテもちょっぴり難産だった——とルヴァルトは言い張っているが、実際には超のつく安産だった——ために、子供を作ることには消極的なのだ。

彼の絶倫《ぜつりん》っぷりはあいかわらずなのに、結婚六年で二人しか子供がいない裏にはそんな事情もある。

「そんなの、私大丈夫ですけど。だいたい、二人とも安産だったと言っているのに」

「いや……だめだだめだ。あんな苦しそうな声を出させるなんて！」

ルヴァルトのエリーゼに対する過保護っぷりもあいかわらずだ。結婚してから何年もたっているのに、まだ新婚さんみたいにいちゃいちゃしたがる。

「——でも、私、男の子も女の子もあと二人くらいほしいんですよね。六人兄妹でもいいと思いませんか？」

自分が四人姉妹だったからか、兄妹が二人しかいないのはエリーゼにとってはちょっぴり物足りない。

「それに、もっと子供が増えても問題ないくらいお屋敷は広いじゃないですか」

子供が生まれて、ルヴァルトの屋敷はにぎやかになった。

もっともっとにぎやかになったらいい。

「……そうだな」

ぼそりとルヴァルトが言った。今がチャンスだ。

「そのぉ……実を言うとですね……できちゃったみたい、なんです。というか、できました！」

本当は、旅行から帰ったら言うつもりだったのだが——。なんだか、わいわいやっている彼と子供達を見ていたら、今、どうしても言いたくなってしまったのだ。

「な、大丈夫なのか！　大事な時期に馬車に乗るなんて！」

妊娠初期に馬車での移動は注意しなければならない。だから、今回はいつもよりゆっくり目の旅程にしたのに、彼は気づいていなかったみたいだ。

「えっとですね、ルヴァルト様！」

馬車での移動より何より問題なのはしばらく夫婦生活ができないこと——なんて口にす

る余裕もなかった。

ささっと膝をすくわれ、気が付いたら横抱きに抱き上げられている。

「しばらく、歩くのは禁止だ」

「三人目なんだからいい加減慣れてください。適度な運動も必要なんですよ！」

でも――とエリーゼは思うのだ。

こうやって、甘やかされるのも悪くない、と。

「身体は大事にしないとな。次は男の子だろうか、女の子だろうか」

「ルヴァルト様ってば」

あいかわらず彼は気が早くて、エリーゼには甘い。

だが、こんな幸せなら、いつまで続いてもいい。

「任せてください。今回も安産確定ですから！」

エリーゼは彼の頬に顔を寄せると、思いきり音を立てて派手にキスしたのだった。

あとがき

ジュエル文庫では三冊目を刊行させていただくことになりました。宇佐川《うさがわ》ゆかりです。皆様いかがお過ごしでしょうか。

職場でも家でもインフルエンザに感染する人が増殖していく中、私は元気にやっています。今作を書いている最中に、ちょうど家族がばたばたとインフルエンザに感染していたのですが、私には感染することないまま収束しました。

さて、今回は「若奥様は愛されすぎて困惑中！　旦那様は超☆絶倫！」というずばりそのものなタイトルとなりました。

プロットの打ち合わせに行く時には、仮タイトルをつけて「こんなヒーローとこんなヒロインがこんな風にいちゃいちゃするお話です」というのを簡単にまとめた案を四本くらいお出しするのですが、今回は仮タイトルがほぼそのまま通った珍しいケースになりました。

打ち合わせの時に作った資料を見返していたら、「若奥様は困惑中！　旦那様は超☆絶倫！」と書いてあったので「愛されすぎて」が追加になっただけですね。

毎回ジュエル文庫さんでは、電話でああだこうだとタイトルが決まるまでかなり案を出し合うのですけれど、今回はもうそのままでいこう！　とあっさり決まりました。

まさか「☆とかつけちゃってすみません……なんとなく……そんな気分で……」とプロットを説明しながらもじもじしていたタイトルがほとんどそのまま決まるとは思っていなかったです。

中身の方はたった一行、「新婚夫婦がいちゃいちゃする話」としか書いてなくて、よくもまあこれで打ち合わせに行ったものだと見返しながら自分でも笑ってしまいました。打ち合わせした通りのあまあまなお話が書けたので、とても満足していますし、楽しんでいただけたら嬉しいなと思います。

今回のヒーロー、ルヴァルトは軍人で公爵様。皇帝は作中ほとんど出てきませんが、皇帝からしたら兄弟のようにわがままを言ってもいい従兄弟でもあります。若くして父親の後を継いで忙しくしていたので、恋愛方面は少々疎い……ですね。身近にいた異性は、お互い好みのタイプじゃない従姉妹のブリギットぐらいだし。

一方、ヒロインのエリーゼは四人姉妹の長女。穏やかな両親と可愛い妹達に囲まれて毎日わちゃわちゃ生活しています。きっとエリーゼの家はものすごいにぎやかなんでしょうね。妹達、誰一人としてエリーゼに遠慮していないので。

ルヴァルトの方が一方的に恋に落ちて数年後。ようやく出会った二人が結婚して恋に落ちて、いちゃいちゃな新婚生活をスタートさせるそんな幸せいっぱいのお話です。

今回、エリーゼがアロママッサージを受けている最中にルヴァルトが乱入してくるシーンがありますが、アロママッサージは旅先で受けたのが初体験でした。

宿泊していたホテルにサロンがあって、チェックインしてすぐ行きました。いざ、施術用の服に着替えて、ベッドに横になり、マッサージオイルをつけられ——施術スタート。揉む、こねる、叩く、つぶす、揺さぶる——マッサージを受けているというよりは、食べる前にとことん肉を柔らかくされているんじゃないかという気分に陥りました。

リラックスしたというよりは、すっきりしたという感じでしょうか。終わった後、自分が着てきた服に着替えようとしたら、明らかに下半身が一回りほどすっきりしててびっくりしました。それも、一週間もしないうちに元に戻ってしまったのですが。

旅行から帰宅後に別のアロママッサージのサロンに行ったら、そこでは優しく撫でる感じのマッサージだったので、根本的に何かが違うのでしょうね。作中でエリーゼが受けているのは、優しく撫でる方です。

今回、イラストを担当してくださったのは、蘭《あららぎ》蒼史《そうし》先生です。蘭先生とはずいぶん前に一度ご一緒させていただいたのですが、それからもずっとご活躍は拝見しておりました。

まだ、キャラクター設定画とカバーイラストのラフしか見せていただいていないのですが、二人とも可愛い……！　小柄なエリーゼと大柄なルヴァルトのカップル、ラフだけでもうすごく素敵です。ルヴァルトの方は、黒を基調とした軍服。エリーゼの方は、「フリル！　リボン！　レース！」と、ふわふわひらひらのドレス。とお願いしているので、完成がとても楽しみです。

今回、久しぶりにご一緒させていただくことができてとても光栄でした。お忙しい中、お引き受けくださり本当にありがとうございました。

担当編集者様、今回も大変お世話になりました。改稿の度に増えていくページ数にドキドキしていましたが、最終的に無事に完成までこぎつけることができて本当に安心しました。今後もどうぞよろしくお願いいたします。

ここまでお付き合いくださった読者の皆様、ありがとうございました。新婚いちゃいちゃらぶらぶな夫婦のお話、いかがだったでしょうか。ご意見ご感想ございましたら、送っていただけると幸いです。

最近はなかなかブログの方まで手が回らないのですけれども、遊びに来ていただけたら嬉しいです。また、いつかお会いできますように。ありがとうございました！

宇佐川ゆかり

ジュエル文庫をお買い上げいただき、ありがとうございます!
ご意見・ご感想をお待ちしております。

ファンレターの宛先
〒102-8584 東京都千代田区富士見1-8-19
株式会社 KADOKAWA アスキー・メディアワークス ジュエル文庫編集部
「宇佐川ゆかり先生」「蘭 蒼史先生」係

ジュエル文庫
http://jewelbooks.jp/

若奥様《わかおくさま》は愛《あい》されすぎて困惑中《こんわくちゅう》! 旦《だん》那《な》様《さま》は超《ちょう》☆絶《ぜつ》倫《りん》!

2018年 3月 1日 初版発行

著者 宇佐川ゆかり

イラスト 蘭 蒼史

発行者 ―――― 郡司 聡
発行 ―――― 株式会社 KADOKAWA
〒102-8177 東京都千代田区富士見2-13-3
プロデュース ―― アスキー・メディアワークス
〒102-8584 東京都千代田区富士見1-8-19
03-5216-8377(編集)
03-3238-1854(営業)
装丁 ―――― Office Spine
印刷・製本 ―― 株式会社暁印刷

小社ホームページ https://www.kadokawa.co.jp/

Printed in Japan
ISBN 978-4-04-893672-9 C0193

ジュエル文庫
斉河 燈
Illustrator
椎名咲月
年の差きゅん甘
マリッジライフ
ダンディな取締役会長と結婚したら
意外と絶倫で……！
大人の包容力にたっぷり甘える♥新妻溺愛日記
野性味あふれる紳士から求婚!?　18歳も年上の46歳!?
彼は優しくて強くて情熱的な本物の大人。
猫かわいがりされる蜜月の日々。じっくりスローな濃厚エッチ。
落ち込んでも全てを受け止めてくれる包容力は無限大♥
しかも「おめでた」が判明!?　家族みんなを守ってくれる理想のパパに！

大好評発売中

ジュエルブックス

Jewel
ジュエルブックス

キスの先までサクサク書ける！

乙女系ノベル創作講座

編＊ジュエル文庫編集部

すぐに使える！　創作ノウハウ、盛りだくさん！

たとえば……

●起承承承転結で萌える**ストーリー展開**を！

●修飾テクニックで絶対、**文章が上手く**なる！

●4つの秘訣で**男性キャラの魅力**がアップ！

●4つのポイントでサクサク書ける**Hシーン**！

●3つのテーマで**舞台やキャラ**を迷わず作る！

……などなどストーリーの作り方、文章術、設定構築方法を全解説！

大好評発売中

ジュエル文庫

大好評発売中

ジュエル文庫
平安すいーと♥
HEIAN SWEET
新婚御殿
SHINKON GOTEN
しみず水都
Illustrator 吉崎ヤスミ
いきなり年上帝の奥さま!?
皇子の母上さま!?
頼れる夫&健気な息子と一緒♥しあわせ奥さま生活
13歳も年上の帝の妻に私が!?　婚礼の儀式で床を共に……。
私に一途な想いを抱いてたなんて!
しかもいきなり母上さまに!?　寂しがり屋の皇子に懐かれて!
旦那さまは包容力たっぷり!
皇子も私もしっかり守ってくれます♥
大好評発売中